Captive au paradis

MICHELLE SMART

Captive au paradis

Traduction française de
FABRICE CANEPA

AZUR

HARLEQUIN

Collection : Azur

Titre original :
THE RUSSIAN'S ULTIMATUM

Ce roman a déjà été publié en 2015.

HARPERCOLLINS FRANCE
83-85, boulevard Vincent-Auriol, 75646 PARIS CEDEX 13
Service Lectrices — Tél. : 01 45 82 47 47

www.harlequin.fr

ISBN 978-2-2804-4072-1 — ISSN 0993-4448

1.

Il était 7 h 15 du matin lorsque Emily Richardson pénétra d'un pas assuré dans l'élégant immeuble situé en plein centre de la City, à Londres. Elle traversa le vaste hall de réception pour gagner l'escalier, gravit les marches jusqu'au premier étage et obliqua sur la droite pour prendre l'ascenseur.

Ce n'est que lorsque la porte métallique se referma sur elle qu'elle s'autorisa à pousser un profond soupir de soulagement. Elle avisa alors son reflet dans le miroir qui tapissait le fond de la cabine et ne put réprimer un sourire.

Elle n'avait pas l'habitude de porter des tailleurs et trouvait cette tenue aussi inconfortable qu'étriquée. Ses collants gainaient ses jambes, lui collant à la peau de façon assez déplaisante. Les chaussures à talons qu'elle portait lui donnaient la désagréable impression d'être juchée sur des échasses.

Elle essaya de se remonter le moral en songeant qu'elle serait bientôt débarrassée de cet accoutrement ridicule. Il devait simplement lui permettre de se faire passer pour l'une des employées de Virshilas LG, l'entreprise qui avait récemment pris le contrôle des cosmétiques Bamber.

A en croire les informations dont elle disposait, Pascha Virshilas, le P.-D.G., était absent ce jour-là. Il devait se trouver à Milan où il participait à une série de conférences réunissant des professionnels du monde entier.

Quant aux autres membres du personnel, ils n'arriveraient pas avant plus d'une heure. Le seul risque qu'elle courait, en fait, était de se retrouver nez à nez avec l'un des techniciens du service de nettoyage.

L'ascenseur s'ouvrit, révélant un vestibule décoré avec goût dans lequel trônait le bureau de la réceptionniste. La double porte qui s'ouvrait au fond de la pièce était close, à cette heure.

Le cœur battant, Emily s'approcha du pavé numérique installé sur le côté et composa le code que lui avait fourni Cathy. A son grand soulagement, le cliquetis de la serrure lui indiqua qu'il n'avait pas été modifié.

S'efforçant de dominer la tension qui l'habitait, elle poussa le battant, révélant un long couloir au sol recouvert d'une épaisse moquette bleu nuit.

Le silence qui régnait aurait dû la rassurer mais, en fait, il ne fit qu'ajouter à sa nervosité. Elle avait parfaitement conscience de l'illégalité de ce qu'elle était en train d'entreprendre. Si on la surprenait ici, elle se retrouverait dans une situation des plus compromettante.

Pressant le pas, elle se dirigea vers la porte du dernier bureau, celui de Pascha Virshilas. Elle fut étonnée de découvrir qu'il n'était pas fermé à clé. Peut-être n'était-il pas aussi méticuleux que le lui avait laissé entendre Cathy ?

Emily s'immobilisa quelques instants sur le seuil de l'immense cabinet de travail, frappée par la façon dont le nouvel occupant avait redécoré les lieux. Le style était résolument contemporain et il régnait une impression d'ordre et de sobriété.

Les meubles aux lignes audacieuses étaient noir et blanc, de même que les quelques dessins abstraits accrochés aux murs. Sur le bureau d'ébène qui trônait au centre de la pièce était posé un ordinateur portable dernier cri.

Emily s'en approcha et il s'illumina aussitôt, laissant apparaître un fond d'écran qui représentait le logo de la compagnie. Elle le considéra avec une pointe de méfiance, surprise que Pascha Virshilas n'ait pas pris la peine d'éteindre son ordinateur avant de partir.

Ce genre de négligence ne cadrait vraiment pas avec l'idée qu'elle s'était faite du personnage. Mais elle avait le mérite de lui simplifier la vie. Au moins, elle n'aurait pas besoin de pirater le système qui devait être protégé par un mot de passe.

Elle n'avait cependant pas le temps de fouiller tous les dossiers à la recherche des documents susceptibles d'innocenter son père, d'autant que certains d'entre eux pouvaient être cryptés.

Tirant de sa poche la clé USB qu'elle avait apportée, elle l'inséra dans l'ordinateur et installa le programme destiné à effectuer une copie compressée de l'ensemble des données sauvegardées sur le disque dur.

S'il fallait en croire l'informaticienne qui le lui avait fourni, cela prendrait moins de dix minutes. Jetant un nouveau coup d'œil à sa montre, Emily constata qu'il était presque 7 h 30, ce qui lui laissait un peu moins d'une heure pour s'éclipser avant l'arrivée du personnel.

Pour s'occuper l'esprit, elle ouvrit l'épais dossier posé sur le bureau et portant la mention « Personnel et confidentiel » en grosses lettres rouges. Alors qu'elle commençait à lire, une voix retentit, la faisant violemment sursauter.

— Puis-je savoir qui vous êtes et ce que vous faites dans mon bureau ?

Emily se figea, sentant un frisson la parcourir de la tête aux pieds. Son cœur se mit à battre la chamade et son ventre se noua sous l'effet de l'angoisse. Au prix d'un effort presque insoutenable, elle se força à redresser la tête et croisa le regard glacé de Pascha Virshilas.

— C'est vous…, murmura ce dernier en fronçant les sourcils.

Emily ne put s'empêcher de s'étonner qu'il l'ait reconnue aussi vite. La seule fois où ils s'étaient croisés, six semaines auparavant, elle arborait une apparence si différente qu'elle-même aurait probablement eu du mal à se reconnaître.

Leur rencontre avait eu lieu au cours d'une soirée donnée en l'honneur de la reprise de Bamber par Virshilas LG. Emily ne se trouvait là que pour accompagner et soutenir son père, encore très affecté par le récent décès de son épouse.

Elle n'avait pas eu le temps de se changer en sortant du défilé de mode où elle avait présenté les dernières créations de Hugo. Et lorsque son père l'avait présentée à Pascha Virshilas, ce dernier lui avait brièvement serré la main sans même lui adresser la parole.

Jamais elle n'aurait imaginé qu'il puisse se souvenir d'elle.

— Je vous ai posé une question, mademoiselle Richardson, déclara-t-il alors. Que faites-vous ici ?

Le ton sec et précis de sa voix était tout aussi imposant que son apparence physique. Plus grand que la moyenne, il paraissait étonnamment athlétique pour un homme qui devait passer la majeure partie de son temps derrière un bureau. Il émanait de lui une impression de force et d'assurance qui lui conférait une indéniable autorité naturelle.

Emily s'efforça de dominer son embarras. Si elle voulait avoir une chance de se sortir de ce mauvais pas, elle allait devoir faire preuve de calme et de self-control.

Au moins, de l'endroit où il se trouvait actuellement, il ne pouvait distinguer la clé USB qu'elle venait de connecter à son ordinateur. Elle avait donc peut-être encore une chance de récupérer les informations qu'elle était venue chercher.

Se penchant légèrement en avant, elle posa nonchalamment ses avant-bras sur le bureau.

— Je passais dans le quartier et je me suis dit que je pourrais venir voir comment se passait votre installation.

Tout en parlant, elle avança la main vers l'ordinateur et retira aussi discrètement que possible la clé USB qu'elle escamota entre ses doigts. Se redressant alors, elle la laissa tomber dans la poche de sa veste de tailleur.

— Je ne voulais pas vous déranger, reprit-elle. Mais puisque tel est apparemment le cas, je ferais sans doute mieux de partir…

— Pas si vite, objecta Virshilas comme elle faisait mine de se diriger vers la porte. J'aimerais tout d'abord que vous vidiez vos poches.

Emily comprit que son petit manège n'était pas passé inaperçu. Sans hésiter, elle se précipita donc vers la sortie, misant sur l'effet de surprise pour distancer Virshilas.

Pascha demeura parfaitement immobile, les bras croisés, tandis qu'Emily se ruait en direction de la porte. Elle s'acharna en vain sur la poignée avant de se tourner vers lui d'un air défait.

— Je l'ai verrouillée, précisa-t-il avec un sourire légèrement narquois.

— Je l'avais remarqué, répliqua-t-elle d'un ton sec.

— Je n'ouvrirai pas tant que vous ne m'aurez pas donné ce que vous venez de glisser dans votre poche.

Elle le fusilla du regard. En dépit de la colère et de la frustration qui se lisaient dans ses yeux, il fut frappé par le charme qui émanait d'elle.

Lorsqu'il avait fait sa connaissance, quelques semaines auparavant, elle avait déjà éveillé sa curiosité par sa tenue qui tranchait avec les vêtements très sages des autres invités.

Elle portait alors une robe en velours noir rehaussé de dentelle. Ce style résolument gothique était souligné par une paire de bottes de cuir montantes, un fond de teint pâle et la ligne de khôl qui soulignait ses grands yeux bruns.

Sur le moment, il avait pensé que c'était la manière dont elle devait s'habiller au quotidien. Mais en la découvrant dans ce tailleur très strict, il ne pouvait s'empêcher de s'interroger.

Avait-elle cherché à prouver quelque chose, ce jour-là ? La voyait-il enfin telle qu'elle était vraiment ? Mais peut-être n'était-ce qu'un nouveau déguisement, une façon de passer inaperçue dans la City ?

Qui était-elle ? Et que voulait-elle ? Pascha n'aurait su le dire et cela le mettait très mal à l'aise.

— J'ai tout mon temps, ajouta-t-il en tendant la main.

Emily lui jeta un regard assassin et tira de sa poche une clé USB qu'elle lui lança. Il l'attrapa au vol et alla prendre place dans le fauteuil de son bureau.

— Asseyez-vous, demanda-t-il à la jeune femme en désignant les sièges qui se trouvaient face à lui.

Elle hésita quelques instants mais dut comprendre que tant qu'il ne se déciderait pas à rouvrir la porte elle n'aurait guère le choix.

— Puis-je savoir pour quelle raison vous comptiez dérober les documents que vous avez copiés ? lui demanda-t-il gravement.

— Vous savez très bien pourquoi ! s'exclama-t-elle avec humeur. J'essaie de prouver l'innocence de mon père.

— En vous rendant vous-même coupable d'un délit ?

— Je n'avais pas le choix ! protesta-t-elle. Je ne pouvais pas rester les bras croisés. D'après les informations dont je dispose, vous n'avez même pas ouvert d'enquête interne pour déterminer ce que sont réellement devenues les sommes d'argent que vous l'accusez d'avoir détournées ! Et pendant que vous demeurez inactif, la santé de mon père ne cesse de se détériorer. Le stress que vous lui avez infligé le rend littéralement malade…

La voix d'Emily se brisa sous le coup de l'émotion et elle s'interrompit, le temps de prendre une profonde inspiration. Elle ne pouvait pas se permettre de craquer — pas maintenant, alors que son père avait tant besoin d'elle.

Elle était bien décidée à faire tout ce qui serait en son pouvoir pour laver sa réputation, lui rendre son honneur et un peu de joie de vivre. Car elle ne se faisait aucune illusion : l'existence même de Malcolm Richardson ne tenait plus qu'à un fil.

Elle l'avait déjà vu succomber à la dépression qui semblait le guetter presque continuellement. Il tombait alors dans un profond abattement et seule son épouse parvenait à le tirer de cette sombre apathie.

Mais la mère d'Emily était morte, ce qui n'avait fait qu'accentuer la mélancolie naturelle de son père. Lorsqu'on l'avait mis à pied, il avait perdu la seule chose à laquelle il était parvenu à se raccrocher. En fin de compte, il n'était pas étonnant qu'il ait cherché à mettre fin à ses jours.

En apprenant sa tentative de suicide, Emily avait compris qu'elle ne supporterait pas de le voir disparaître quelques mois seulement après la mort de sa mère. La souffrance qu'elle avait ressentie alors était encore bien trop vive pour qu'elle puisse envisager une telle éventualité.

D'une façon ou d'une autre, elle devait trouver un moyen de sortir son père de ce mauvais pas.

Pascha feuilleta le dossier qu'Emily était en train de parcourir lorsqu'il l'avait surprise. D'après ce qu'elle venait de lui laisser entendre, elle disposait d'au moins un informateur au sein de l'entreprise. Cela expliquait d'ailleurs qu'elle se soit trouvée en possession du code de la porte d'entrée.

Sans doute s'agissait-il d'anciens collègues de son père. Il lui faudrait cependant déterminer rapidement l'ampleur de ces fuites. Si certaines personnes communiquaient des renseignements confidentiels, Pascha n'aurait d'autre choix que de prendre les mesures qui s'imposaient.

En attendant, il lui fallait déterminer ce qu'Emily avait appris depuis qu'elle s'était introduite ici. Fort heureusement, il ne s'était pas écoulé plus de dix minutes depuis qu'il avait quitté son bureau, ce qui limitait les risques qu'elle ait pu mettre la main sur une information vraiment sensible.

— Nous reparlerons de la situation de votre père, déclara-t-il. Mais j'aimerais que vous me disiez ce que vous avez lu de ce dossier.

— Pas grand-chose, répondit Emily en haussant les épaules. Juste qu'une société appelée RG Holding comptait racheter Plushenko…

Plushenko avait été l'un des joailliers les plus prestigieux de Russie dont les créations rivalisaient à une époque avec celles de Fabergé. Mais au cours de ces dernières années, l'entreprise avait accumulé les erreurs, tant en matière de management que de communication. Et elle avait perdu beaucoup de son prestige, de sa clientèle et de sa rentabilité.

Dans le plus grand secret, Pascha avait manœuvré pour racheter l'entreprise. Mais pour réussir un tel coup, il allait devoir faire preuve de beaucoup de discrétion.

— J'ai lu aussi que RG Holding vous appartenait mais que vous ne vouliez pas que cela se sache, ajouta alors Emily. Apparemment, vous ne tenez pas à ce que Marat Plushenko ait vent de votre implication dans cette affaire.

Pascha serra les dents, s'efforçant de réprimer un frisson. Comment avait-il pu être assez stupide pour laisser traîner un document aussi confidentiel ?

Emily, quant à elle, le considérait désormais d'un air légèrement narquois. Dans ses yeux, il vit briller un mélange d'amusement et de satisfaction. De toute évidence, elle venait de comprendre que ces informations lui donnaient du pouvoir sur lui.

— Il est évident que ce rachat est important à vos yeux, reprit-elle. Et comme vous ne tenez pas à ce que cette opération s'ébruite, je vous propose un marché. Si vous acceptez de mettre un terme aux procédures engagées à l'encontre de mon père, je ne dirai rien à personne de ce que j'ai lu.

Pascha la considéra avec stupeur.

— Vous pensez vraiment pouvoir me faire chanter ? lui demanda-t-il d'une voix glacée.

Elle haussa les épaules.

— Appelez cela comme vous voudrez. A mes yeux, il ne s'agit que d'une simple transaction, un échange de bons procédés. Exonérez mon père de toute responsabilité et j'éviterai de répéter à qui veut l'entendre que Virshilas LG compte racheter Plushenko…

Jamais Emily n'aurait cru pouvoir faire preuve d'un tel aplomb, surtout après s'être fait surprendre en flagrant délit d'espionnage industriel. Mais elle se sentait à présent assez désespérée pour tenter le tout pour le tout. Et lorsqu'elle avait compris qu'elle détenait une information compromettante, elle n'avait pas hésité.

— Je pourrais vous faire arrêter, lui dit Virshilas.

— Effectivement, acquiesça-t-elle. Mais vous savez comme moi que j'aurai le droit à un coup de téléphone. J'en profiterai pour contacter cette société, Shirokov, qui représente apparemment Marat Plushenko. Je suis certaine qu'ils enverront un avocat pour me représenter dès qu'ils apprendront ce que vous mijotez…

Pascha avait du mal à en croire ses oreilles. Comment cette femme qui venait de pénétrer dans son bureau et de tenter de dérober des informations confidentielles avait-elle l'audace de le faire chanter ?

S'imaginait-elle vraiment qu'il allait la laisser se moquer de lui de cette façon ? Il avait passé plus de deux ans à mettre au point cette prise de contrôle. Il avait même été jusqu'à racheter Bamber, quelques mois auparavant, simplement pour convaincre Marat Plushenko qu'il n'avait aucune visée sur son entreprise.

Car si ce dernier apprenait que c'était Pascha qui se trouvait derrière l'offre de reprise qui lui avait été faite, il refuserait catégoriquement de vendre, quitte à acculer la société à la ruine. La fabuleuse entreprise qu'Andrei Plushenko avait bâtie à force de talent et de travail ne serait alors plus qu'un souvenir.

Certes, Pascha ne doutait pas du fait qu'Emily lui disait la vérité et qu'elle était uniquement motivée par l'envie d'innocenter son père.

Mais ce n'était pas une raison pour la laisser compromettre l'une des opérations les plus importantes de sa carrière. Il ne pouvait laisser cette femme le priver de sa dernière chance de se racheter aux yeux de sa mère.

Pascha réfléchit intensément à la situation. Il ne savait presque rien d'Emily. Et le peu qu'elle lui avait laissé deviner jusqu'à présent ne lui inspirait aucune confiance.

Non seulement elle avait réussi à s'introduire dans son bureau mais, de plus, elle venait de faire preuve d'un parfait mélange d'à-propos, de combativité et de ruse. De toute évidence, il avait affaire à un adversaire qu'il ne devait pas sous-estimer.

Or il lui restait sept jours avant de signer avec Plushenko, sept jours durant lesquels il ne pouvait se permettre de courir le moindre risque.

Il comprit alors qu'il n'avait pas le choix. S'il voulait réparer ses torts vis-à-vis de l'homme qui l'avait élevé comme son propre fils et obtenir le pardon de sa mère, il allait devoir se débarrasser d'Emily Richardson.

2.

La façon dont Pascha la considérait mit Emily terriblement mal à l'aise. Elle se faisait l'effet d'un insecte soumis à l'inspection d'un entomologiste qui pouvait l'écraser à tout moment.

Elle se demanda une fois de plus si elle n'avait pas commis une monstrueuse erreur en s'introduisant dans son bureau. S'il refusait de céder face à ses menaces, il pouvait appeler la police et la faire jeter en prison.

Non seulement elle aurait échoué à aider son père mais, pire encore, son attitude risquait fort d'alourdir les soupçons qui pesaient sur lui. Mais il était trop tard pour faire machine arrière. Quoi qu'il arrive, il lui faudrait désormais assumer ses responsabilités.

— Je ne peux vous laisser compromettre un projet auquel j'ai consacré près de deux ans de mon existence, déclara enfin Pascha. Etant donné les circonstances, je ne vois donc pas d'autre solution que de vous faire disparaître.

— Disparaître ? répéta-t-elle d'une voix blanche.

— Pas définitivement, je vous rassure, lui dit-il d'un ton ironique. Disons juste une semaine, le temps que je règle cette affaire.

Emily le considéra d'un air interloqué. Etait-il vraiment en train de lui expliquer qu'il s'apprêtait à l'enlever ?

— Vous n'êtes pas sérieux, protesta-t-elle, bien plus faiblement qu'elle ne l'aurait voulu.

— Mais si, tout à fait !

— Vous ne pouvez pas me séquestrer impunément pendant une semaine ! s'exclama-t-elle.

— En effet. Aussi vais-je vous proposer un marché que vous ne pourrez pas refuser : si vous acceptez de disparaître pendant une semaine, j'abandonnerai les poursuites engagées contre votre père.

— Et vous lui rendrez son poste ?

— Si c'est ce qu'il désire, je le réintégrerai dans ses fonctions, acquiesça Pascha.

Emily prit une profonde inspiration, s'efforçant de conserver son calme. Virshilas lui offrait une chance de blanchir son père. N'était-ce pas précisément pour cela qu'elle s'était introduite dans son bureau ?

— Vous pensez vraiment qu'il est innocent ? lui demanda-t-elle.

— Très franchement, je ne vois pas qui aurait pu dérober les deux cent cinquante mille livres qui ont disparu, répondit-il posément. Mais la question n'est pas là. Quoi que je pense de son implication réelle, je suis prêt à passer l'éponge pour cette fois.

Emily réfléchit à la situation.

— Je ne suis pas sûre de pouvoir me libérer de mes engagements, dit-elle.

— Y pensiez-vous lorsque vous êtes venue ici ? objecta Virshilas.

— Oui, répondit-elle en soutenant son regard. J'ai même envisagé la possibilité de me faire arrêter. Et je me suis dit que dans le pire des cas, je ne passerais qu'un jour ou deux en garde à vue. Mais je ne pensais pas me faire surprendre : je vous croyais à Milan.

— Vous êtes remarquablement bien informée, dit Virshilas avec un sourire glacial. Je vais devoir mettre la main sur la personne qui vous a fourni tous ces renseignements…

Emily se garda de tout commentaire. Elle ne tenait

pas à lui donner le moindre indice sur l'identité de son informateur. Elle ne tenait pas à ce que Cathy perde sa place par sa faute.

Virshilas jeta alors un coup d'œil à sa montre.

— Je vais vous laisser cinq minutes de réflexion, dit-il.

— Si je devais disparaître pendant quelques jours comme vous le suggérez, où pourrais-je aller ?

— Je connais l'endroit idéal pour cela, déclara Virshilas. Loin de tout et tout à fait confortable. Vous y serez très bien, je vous assure. Considérez cela comme une semaine de vacances tous frais payés…

Sur ce, il se tourna vers son ordinateur portable et commença à écrire, l'ignorant superbement.

Pascha était convaincu qu'Emily accepterait sa proposition. Comment aurait-elle pu refuser alors qu'il lui offrait précisément ce qu'elle était venue chercher ici ?

Fort de cette conviction, il envoya un e-mail à son assistante pour lui demander de décaler tous les rendez-vous qu'il avait au cours des deux prochains jours. Il organisa ensuite les modalités du transfert d'Emily et de son séjour sur l'île d'Aliana.

— Si je devais accepter votre offre, il me faudrait un engagement écrit de votre part, lui dit-elle alors.

— Cela va sans dire.

— De plus, poursuivit-elle, je doute que mon père puisse s'épanouir dans une entreprise où les soupçons de sa hiérarchie continueront à peser sur lui. Il serait donc préférable d'envisager un départ négocié. Bien sûr, il vous faudrait lui verser une compensation financière…

Pascha lui jeta un regard interdit. Décidément, cette femme ne doutait de rien.

— C'est parfaitement ridicule, lui dit-il.

Elle haussa les épaules d'un air indifférent.

— Dans ce cas, j'imagine que vous feriez mieux d'appeler la police…

— Vous sacrifieriez donc l'avenir de votre père ?

— Qui sait ? Plushenko acceptera peut-être de me dédommager pour les informations que je lui apporterai, répliqua-t-elle.

Pascha se prit à songer qu'il avait grandement sous-estimé Emily. Elle était une négociatrice bien plus redoutable encore qu'il ne l'avait imaginé. Et elle paraissait dépourvue de scrupules.

Il fut tenté un instant de l'envoyer au diable. Mais il avait plus à perdre qu'à gagner en refusant l'arrangement qu'elle lui proposait. Etant donné les circonstances, mieux valait céder, quitte à prendre sa revanche dès qu'il en aurait l'occasion.

— Très bien, déclara-t-il d'une voix glaciale. Si vous disparaissez jusqu'au rachat de Plushenko, je m'engage à innocenter votre père et à lui accorder une rupture conventionnelle. Mais je vous préviens : si jamais vous révélez ce que vous avez appris à qui que ce soit au cours de la prochaine semaine, je me ferai un plaisir de vous acculer à la ruine, votre père et vous.

— C'est d'accord, répondit Emily sans hésiter.

Elle se leva.

— Je dois repasser chez moi, déclara-t-elle.

— Pourquoi ?

— Si je dois vraiment partir pour une semaine, je vais avoir besoin de quelques affaires. De plus, j'aimerais dire au revoir à mon père. Je ne veux pas qu'il s'inquiète pour moi.

— Je vous accompagne, déclara Pascha.

Elle lui jeta un regard étonné.

— Je redoute que vous changiez brusquement d'avis une fois que vous serez de retour chez vous, expliqua-t-il.

— Il n'y a aucun risque. Je tiens avant tout à ce que

mon père soit blanchi des accusations qui pèsent sur lui. Mais si vous tenez vraiment à venir avec moi, je n'y vois aucun inconvénient.

Le père d'Emily habitait une jolie petite maison de style Tudor située en banlieue de Londres. Pascha gara sa Jaguar devant le portail de l'entrée et observa les lieux avec attention.

— Vous vivez toujours ici ? s'enquit-il.

Il n'imaginait pas quelqu'un comme Emily habiter chez ses parents.

— Je suis revenue m'installer ici il y a un mois, répondit-elle.

Il y avait dans sa voix une pointe de souffrance difficilement contenue et il se demanda ce qui avait pu motiver une telle décision. Le licenciement de son père ne suffisait tout de même pas à expliquer qu'elle soit revenue vivre auprès de lui.

— Attendez-moi ici, reprit-elle. J'en ai pour un quart d'heure tout au plus.

— Je viens avec vous.

— Ne soyez pas ridicule !

— Je vous l'ai dit : il n'est pas question que je vous laisse la possibilité de contacter qui que ce soit.

Elle ne put réprimer un soupir agacé. Mais elle dut comprendre qu'il n'avait aucune raison de lui faire confiance car elle ne chercha plus à le dissuader.

— Je vous préviens, reprit-elle, si vous faites ou dites quoi que ce soit qui bouleverse mon père, je considérerai notre accord comme caduc.

— Soit.

— C'est très important, insista-t-elle d'une voix presque suppliante. Mon père n'est vraiment pas en forme. Le mieux serait sans doute que vous ne vous croisiez pas, mais si cela se produit tâchez d'être gentil avec lui…

— Je vous le promets, répondit Pascha, touché malgré lui par ce plaidoyer.

Elle hocha la tête d'un air soulagé et descendit de voiture.

Pascha lui emboîta le pas. Tous deux traversèrent le petit jardin et pénétrèrent dans la maison. Elle était meublée de façon simple et confortable et il y régnait une atmosphère très accueillante.

— Papa, c'est moi ! s'exclama Emily. Je te rejoins dans une minute avec une tasse de thé.

Sans attendre de réponse, elle se dirigea vers la cuisine et remplit la bouilloire qu'elle alluma avant de sortir son téléphone portable.

— Qui appelez-vous ? lui demanda Pascha, méfiant.

— Mon frère, répondit-elle. Il faudra bien que quelqu'un veille sur mon père pendant la semaine.

Pascha se demanda pourquoi Malcolm Richardson avait besoin que quelqu'un veille sur lui. Mais avant qu'il ait pu poser la question, Emily se trouvait déjà en pleine conversation avec son frère, James.

Il l'écouta attentivement, frappé par la tendresse dans sa voix. De toute évidence, les Richardson formaient une famille très soudée.

Pascha ne put s'empêcher de penser aux relations complexes que lui-même entretenait autrefois avec son frère, Marat Plushenko. Ce dernier l'avait toujours traité en paria, ne faisant pas mystère de la haine qu'il éprouvait à son égard.

Lorsque Pascha était tombé gravement malade, il avait même laissé entendre qu'il serait ravi de voir mourir celui qu'il avait toujours considéré comme un intrus.

— Je suis désolée de te demander cela au dernier moment, conclut Emily au téléphone. Mais j'ai un imprévu.

N'hésite pas à faire appel à Mandy dans la journée, si tu as besoin d'aller au bureau.

Elle marqua une pause.

— Je sais que tu avais prévu d'y aller, soupira-t-elle. Mais Amsterdam sera toujours là dans une semaine… Merci, James. Je te revaudrai ça. A bientôt.

Elle raccrocha et composa aussitôt un autre numéro. Elle indiqua à la personne qui décrocha qu'elle serait absente pendant une semaine et demanda que l'on prévienne un certain Hugo.

— Et voilà, conclut-elle. Il ne me reste plus qu'à dire au revoir à mon père et à prendre mes affaires.

— Vous n'avez personne d'autre à appeler ? lui demanda Pascha, étonné.

— Qui donc ?

— Je ne sais pas… Un petit ami, par exemple.

— Pas de petit ami, non, répliqua-t-elle d'une voix sèche.

Il se garda de tout commentaire mais ne put s'empêcher de s'étonner qu'une femme aussi séduisante qu'elle puisse être célibataire.

En silence, il la regarda préparer deux tasses de thé qu'elle disposa sur un plateau. S'en emparant, elle se dirigea ensuite vers l'escalier qui conduisait à l'étage. Pascha lui emboîta de nouveau le pas. Mais une fois parvenue en haut des marches, elle se tourna vers lui.

— Vous devriez m'attendre ici. Etant donné les circonstances, il vaudrait sans doute mieux que mon père ne vous voie pas du tout. Dieu sait ce qu'un tel choc pourrait lui faire…

— Très bien, concéda Pascha. Je vous attends ici. Mais ne fermez pas la porte. Je tiens à m'assurer que vous n'évoquerez pas le rachat de Plushenko en sa présence.

— Si vous voulez !

Sur ce, elle s'avança dans le couloir et se glissa par une porte qui était entrouverte.

— Bonjour, papa, dit-elle d'une voix très douce qui contrastait nettement avec celle qu'elle employait en sa présence. Comment te sens-tu ?

— J'ai connu des jours meilleurs, répondit son père d'une voix très lasse.

— Tu devrais peut-être sortir un peu, aujourd'hui, lui conseilla Emily. Il fait un temps superbe. Je vais ouvrir les volets pour laisser entrer un peu de lumière…

Pascha s'avança légèrement et risqua un coup d'œil à l'intérieur de la chambre à coucher. En avisant Malcolm Richardson étendu sur son lit, il eut peine à réprimer une exclamation de stupeur.

Emily n'avait pas exagéré : l'ex-employé de Bamber paraissait avoir pris vingt ans en l'espace de quelques semaines. Et malgré lui, Pascha ne put réprimer un bref accès de culpabilité à l'idée qu'il était en partie responsable de cet état de fait.

Emily informa son père de son départ prochain. En réponse à ses questions, elle prétendit qu'elle devait s'absenter pour des raisons professionnelles. Il sembla se contenter de ce prétexte très vague et ils discutèrent durant quelques minutes de tout et de rien. La plupart du temps, Malcolm se contentait de répondre par monosyllabes.

Résignée, Emily finit par prendre congé, et prit soin de refermer la porte derrière elle. Pascha Virshilas l'attendait toujours sur le palier.

— Nous n'avons pas beaucoup de temps, lui indiqua-t-il. Je n'ai obtenu une autorisation de vol qu'au dernier moment et nous disposons d'un créneau très serré pour le décollage.

Emily lui jeta un regard étonné.

— Vous voulez m'emmener à l'étranger ?

Il hocha la tête.

Réprimant un soupir, elle gagna sa propre chambre, au bout du couloir. C'était celle qu'elle occupait étant petite et qu'elle avait reprise tout naturellement lorsqu'elle était revenue vivre ici. La pièce présentait donc un aspect assez disparate, mêlant des objets de son enfance et d'autres beaucoup plus récents.

Elle se sentit très embarrassée par le regard attentif que Pascha jeta sur ses étagères. Elle avait parfaitement conscience que ce qui se trouvait dans cette pièce en disait long sur elle.

— A quel genre de climat dois-je m'attendre ? demanda-t-elle en allant ouvrir son armoire.

— Tropical, répondit-il. Nous partons pour les Caraïbes.

Elle s'abstint de tout commentaire. Cela faisait très longtemps qu'elle avait envie de prendre des vacances à Cuba ou en République Dominicaine mais elle n'avait jamais concrétisé ce désir.

L'idée que ce soit Pascha qui réalise finalement ce rêve avait quelque chose de surréaliste. Mais elle n'y pouvait rien.

La chance qu'il lui offrait de rendre à son père son honneur et sa dignité valait tous les sacrifices. Après tout, que représentait une semaine d'assignation à résidence si cela lui permettait d'éviter que son père ne commette une nouvelle folie ?

Elle entreprit donc de rassembler rapidement des vêtements appropriés au séjour qui l'attendait. Elle prit sa trousse de toilette, plusieurs carnets à dessin et trois gros romans qu'elle n'avait pas encore eu le temps de lire.

— Je dois me changer, déclara-t-elle.

Pascha hésita un instant avant de hocher la tête.

— D'accord, lui dit-il. Mais confiez-moi votre téléphone portable.

— Vous ne voulez vraiment prendre aucun risque, n'est-ce pas ?

— Je vous l'ai dit : cette transaction est très importante pour moi.

A contrecœur, elle lui tendit l'appareil qu'il glissa dans la poche de sa veste avant de se détourner pour quitter la pièce. Lorsqu'il eut disparu, Emily ne put réprimer un petit soupir de soulagement.

La présence de Pascha dans sa chambre d'enfant l'avait oppressée. Il lui semblait que le seul fait qu'il soit entré ici créait entre eux une forme d'intimité. Et cette idée la mettait terriblement mal à l'aise.

Après s'être débarrassée de son tailleur, Emily enfila l'une de ses tenues préférées pour se donner du courage. C'était une belle robe noire, très simple et très agréable à porter, qui n'était ni trop habillée ni trop sexy.

Après réflexion, elle décida de se démaquiller et de défaire son chignon sévère qui commençait à lui donner mal à la tête. Elle se contenta d'attacher ses longs cheveux noirs en une queue-de-cheval assez lâche.

Elle alla ensuite ouvrir la porte derrière laquelle patientait Pascha. Le regard qu'il lui lança n'était pas dénué d'une certaine admiration et, malgré elle, elle se sentit flattée.

Elle se reprit pourtant aussitôt : introduire la moindre ambiguïté dans leurs rapports était bien la dernière chose qu'elle voulait.

— Est-ce que vous êtes prête ? lui demanda-t-il.

— Je voulais juste savoir quelle serait la limite de poids autorisé à bord de l'avion.

— Aucune. Nous prendrons mon jet privé.

— Dans ce cas, pourriez-vous prendre ceci ? lui demanda-t-elle en désignant une boîte noire posée près de son bureau.

— Qu'est-ce que c'est ?

— Ma machine à coudre, répondit-elle. Quitte à passer

une semaine loin de tout, autant en profiter pour préparer ma prochaine collection.

Elle s'empara d'un volumineux sac en toile.

— Ce sont des tissus sur lesquels j'aimerais travailler, précisa-t-elle.

— Que faites-vous, dans la vie, exactement ? lui demanda-t-il, surpris.

— Je suis styliste. Je dessine des vêtements.

— C'est vous qui avez créé la robe que vous portez ?

Elle hocha la tête.

— Vous êtes douée.

C'était le premier compliment qu'il lui adressait depuis qu'ils s'étaient rencontrés.

— Merci, répondit-elle sobrement.

Pascha hocha la tête et s'empara de la machine à coudre.

— Vous avez pensé à votre passeport ? lui demanda-t-il.

— Oui. Et vous avez de la chance que j'en aie un en cours de validité.

— De la chance ? murmura-t-il pour lui-même. Je n'en suis pas si sûr.

Quelque chose dans son ton éveilla la curiosité d'Emily. Elle se demanda ce qu'il voulait dire par là mais s'abstint de lui poser la question.

Son instinct lui soufflait que Pascha Virshilas était un homme dangereux pour elle et qu'il valait mieux qu'elle conserve ses distances.

3.

Tandis qu'ils se dirigeaient vers l'aérodrome d'où ils devaient décoller, Emily songea aux conséquences de cette petite escapade impromptue. Si ces vacances forcées avaient une chance de laver la réputation de son père, elles risquaient en revanche de lui coûter son propre emploi.

Hugo, le directeur de la maison de couture pour laquelle elle travaillait, était un homme capricieux et fantasque. Elle avait déjà entamé sa patience au cours des derniers mois en prenant plusieurs jours de congé pour s'occuper de sa mère puis de son père. Elle avait aussi expressément demandé à ne plus être envoyée à l'étranger.

Le fait qu'elle s'absente à l'improviste pendant une semaine entière ne contribuerait sans doute pas à redorer son image auprès de son bouillant patron.

Sa seule chance de se faire pardonner était de profiter de ce répit forcé pour concevoir quelques modèles de vêtements particulièrement réussis.

Le jet de Pascha les attendait en bout de piste et, lorsqu'ils montèrent à bord, Emily se sentit impressionnée malgré elle par la sobre élégance avec laquelle l'appareil était aménagé. Ils prirent place dans les confortables fauteuils du coin salon et un steward vint s'enquérir de ce qu'ils voulaient boire.

Pascha demanda un café. Emily, quant à elle, se contenta d'un verre d'eau. Elle affecta ensuite de se plonger dans la lecture des magazines disposés sur la table basse. En réalité, elle était totalement incapable de se concentrer sur ce qu'elle lisait.

Elle ne cessait de penser à son père. Elle espérait qu'il ne serait pas trop affecté par son départ et que la présence de James à ses côtés suffirait à éviter un nouvel incident malheureux.

Mais au fond d'elle-même, elle savait que ni elle ni son frère ne suffiraient à combler le vide qu'avait creusé en lui la mort de leur mère.

Elle ne put réprimer un frisson en se rappelant ce qu'elle avait éprouvé en le trouvant étendu de tout son long sur le canapé du salon, une bouteille de scotch et une boîte de somnifères vide à ses côtés.

Avec un mélange de tristesse et de résignation, elle avait dû admettre à ce moment-là que malgré tous ses efforts elle n'était pas parvenue à lui donner une véritable raison de vivre.

Lorsqu'ils se posèrent à Porto Rico, l'humeur d'Emily ne s'était guère améliorée. Elle avait somnolé pendant la majeure partie du vol. Le reste du temps, son compagnon n'avait quasiment pas levé les yeux de l'écran de l'ordinateur portable sur lequel il travaillait.

Elle aurait sans doute dû se réjouir qu'il ne cherche pas à lui faire la conversation. Mais en réalité, sa présence silencieuse n'avait fait qu'accentuer la tension nerveuse qui l'habitait.

Elle éprouva un véritable soulagement en débarquant enfin de l'avion. Mais il fut de courte durée car ils montèrent aussitôt dans une berline luxueuse qui les emmena en direction du port.

Là, un magnifique bateau à moteur les attendait. Il était sans doute trop petit pour être qualifié de yacht mais possédait tout de même un confortable salon et deux petites cabines.

Accoudée au bastingage, Emily admira la vue qui s'offrait à elle tandis que le navire quittait le port de San Juan. Les eaux étaient bleu turquoise et reflétaient les rayons du soleil resplendissant qui illuminait un ciel d'azur. La côte était ourlée de plages de sable blanc bordées de palmiers. Ils mirent le cap au large et Emily ferma les yeux, se laissant bercer par le roulis. Sur ses joues, elle sentait la caresse légère de la brise qui atténuait un peu la chaleur ambiante.

En d'autres circonstances, elle se serait réjouie de se trouver ici, si loin de ses préoccupations quotidiennes. Hélas, elle avait conscience du fait que cet éloignement forcé ne résoudrait rien.

— Où allons-nous, exactement ? demanda-t-elle en rouvrant les yeux.

Rétrospectivement, elle s'étonnait de ne pas encore lui avoir posé la question.

— Vous voyez cette île, sur la droite de ce petit archipel ?

Elle hocha la tête.

— C'est Aliana, lui dit-il. Elle m'appartient.

Emily ne put s'empêcher d'admirer la vue qui s'offrait à elle. C'était un endroit idyllique et elle comprenait parfaitement que Pascha ait pu succomber à son charme. Elle ne devait pourtant pas oublier que, si paradisiaque soit-elle, cette île ne serait jamais pour elle qu'une prison.

— L'accès est assez difficile, poursuivit Pascha. L'île est entourée de récifs de corail. Mais rassurez-vous, Luis connaît ces eaux depuis des années. Avec lui, nous ne risquons pas de nous échouer.

— Savez-vous d'où vient le nom de l'île ?

— Oui, répondit Pascha. Aliana est le prénom de ma mère.

— Vous avez donné son nom à une île ? s'exclama Emily, à la fois surprise et touchée par cette attention.

Pascha n'était peut-être pas le monstre auquel elle avait voulu le réduire.

— Elle a dû être ravie, ajouta-t-elle.

Le sourire que lui décocha Pascha était empreint d'une profonde amertume. De toute évidence, les rapports qu'il entretenait avec sa mère étaient difficiles. Elle se demanda ce qui avait pu les éloigner l'un de l'autre.

Alors même qu'elle formulait cette question, elle se rendit compte qu'elle ignorait quasiment tout de l'homme avec lequel elle voyageait.

En considérant le marché qu'il lui avait proposé, elle ne s'était guère inquiétée de savoir s'il désirait l'accompagner. Pas une seule fois non plus, elle n'avait envisagé qu'il puisse chercher à abuser de la situation.

Avec une pointe d'étonnement, elle comprit qu'en dépit des circonstances dans lesquelles ils s'étaient rencontrés Pascha lui inspirait instinctivement confiance. Mais elle n'aurait su dire d'où provenait cet étrange sentiment.

Pascha avait été pris de court par la question d'Emily. Il ne s'était vraiment pas attendu à discuter de sujets aussi personnels avec elle.

Il n'avait d'ailleurs pu se résigner à lui avouer ce que sa mère lui avait répondu, le jour où il lui avait annoncé qu'il avait donné son nom à une île.

« Tu crois vraiment que cela suffira à réparer le mal que tu nous as fait ? »

Il se rappelait encore la tristesse qui filtrait dans la voix de sa mère et qui lui avait transpercé le cœur. Sur le moment, il n'avait pas trouvé les mots pour lui répondre.

Cela faisait des mois qu'il imaginait cet instant qui devait symboliser leur réconciliation après cinq ans de silence. Il avait économisé beaucoup d'argent pour acheter cette île et avait eu l'intention d'offrir un jeu de clés à sa mère et Andrei, de leur expliquer que cet endroit leur appartenait désormais tout autant qu'à lui.

Mais en arrivant chez sa mère, il avait découvert que ses excuses arrivaient trop tard. Andrei, l'homme qui l'avait élevé comme son propre fils et dont il avait cruellement déçu les attentes, était mort quelques semaines auparavant.

Il avait définitivement perdu l'occasion d'obtenir son pardon et de lui dire qu'il l'aimait, qu'il regrettait la façon dont il s'était conduit à son égard. Il avait fait part de tout cela à sa mère, bien sûr. Mais ce n'était pas la même chose.

Il avait alors compris que l'achat de cette île ne changeait rien. Un bien matériel, si précieux soit-il, ne se substituerait jamais à la repentance sincère qu'il aurait dû manifester du vivant d'Andrei.

Il aurait beau couvrir sa mère de présents, cela ne lui ferait pas oublier la souffrance et la déception qu'elle avait éprouvées.

Mais aujourd'hui, il tenait peut-être une ultime chance de réparer ses torts. En sauvant l'entreprise qu'Andrei avait fondée, il obtiendrait peut-être le pardon de sa mère. Il voulait croire en tout cas que leur relation n'était pas condamnée, qu'il leur restait une chance de se réconcilier.

— Vous venez souvent ici ? lui demanda Emily, le tirant de ses réflexions.

— Pas aussi fréquemment que je le voudrais, reconnut-il.

Ils ne tardèrent pas à dépasser la barrière de corail qui ceignait l'île et s'avancèrent dans les eaux vertes du lagon.

Une fois de plus, Pascha fut frappé par la beauté de ce lieu. Chaque fois qu'il le contemplait, il éprouvait un étrange sentiment d'appartenance, comme si cet endroit faisait partie de lui. Il se disait souvent que, le jour où il prendrait sa retraite, ce serait là qu'il viendrait s'installer.

Ce qu'il avait plus de mal à comprendre, a posteriori,

c'était pourquoi il avait décidé d'amener Emily ici. Il avait la troublante impression qu'en lui faisant découvrir cette île il lui donnait accès à son intimité.

Il se demanda alors s'il ne ferait pas mieux de repartir directement pour Paris où il devait se rendre ensuite. Mais il se sentait trop épuisé pour cela. Il n'avait presque pas fermé l'œil durant le vol de Londres à Porto Rico, passant le plus clair de son temps à régler les derniers détails de l'offre de rachat de Plushenko.

Or Pascha savait qu'il ne pouvait se permettre de jouer avec sa santé. Tant qu'il existerait une possibilité de voir se réveiller la maladie qui avait bien failli le tuer lorsqu'il était enfant, il ne prendrait aucun risque inconsidéré.

Après sept ou huit heures de repos bien mérité, il se sentirait certainement beaucoup mieux et pourrait repartir sans crainte.

Emily avait du mal à en croire ses yeux. La propriété que Pascha avait fait bâtir sur l'île d'Aliana était un véritable paradis.

Ce n'était pas tant le luxe de l'endroit qui l'émerveillait que l'impression de beauté et de sérénité qui émanait des lieux.

L'architecture était d'inspiration balinaise, très ouverte et jouant sur la continuité entre les espaces intérieurs et les jardins entretenus avec soin.

Chaque chambre occupait un bungalow séparé du corps principal de la villa par une volée de marches de bois noir. Celle d'Emily était entièrement vitrée, offrant une vue imprenable sur la mer. L'intimité des habitants était ménagée par d'astucieux panneaux intérieurs que l'on pouvait déplacer à sa guise de façon à moduler la pièce. Les meubles étaient de bois exotique, à la fois légers et très résistants.

De la terrasse en teck qui courait le long du bungalow, une seconde volée de marches permettait d'accéder à une jolie plage de sable blanc située en contrebas.

Valeria, la gouvernante de la maison, s'était enquise de ses goûts en matière de cuisine. Elle avait assuré à Emily qu'elle ne devait surtout pas hésiter à indiquer au chef qui officiait en cuisine tout ce dont elle pourrait avoir envie.

Même si elle avait réalisé son rêve de venir passer quelques jours de vacances aux Caraïbes, jamais elle n'aurait pu s'offrir un logement aussi luxueux.

Avisant le téléphone qui était posé sur le bureau de sa chambre, elle décrocha le combiné et composa le numéro de chez elle — sans succès.

Par acquit de conscience, elle sortit de son sac son téléphone portable et l'alluma. Sans surprise, elle constata qu'elle n'avait pas accès au seul réseau de téléphonie mobile disponible. Quant à l'accès wifi, il était crypté, bien entendu.

Comme elle s'apprêtait à aller prendre une douche, le téléphone de la chambre se mit à sonner. Surprise, elle décrocha.

— Est-ce que votre chambre est à votre convenance ?

Reconnaissant la voix de Pascha, elle fronça les sourcils.

— Elle est magnifique, reconnut-elle. En revanche, le téléphone ne semble pas fonctionner…

— Si vous avez besoin de joindre Valeria, il vous suffit de composer le 00.

— Et si je veux téléphoner en Angleterre ?

— Vous avez déjà le mal du pays ?

— Je tiens juste à m'assurer que mon père va bien.

— Vous n'êtes partie que ce matin.

— Il peut se passer bien des choses en une journée, objecta-t-elle.

— Certes… Je vous laisserai utiliser mon téléphone portable tout à l'heure.

— Merci.

— J'ai demandé que le dîner soit servi sur la plage dans une heure.

Emily fut tentée de répondre qu'elle préférait manger seule. Mais dans ce cas, Pascha lui refuserait peut-être l'appel qu'elle voulait passer.

En dépit des apparences, cette île de rêve n'était bel et bien qu'une prison dorée…

4.

La table de bois sur laquelle avait été dressé le couvert était disposée sur la plage, à quelques mètres du rivage que venaient doucement caresser les vagues. Emily prit place sur la natte tressée qui faisait face à celle sur laquelle Pascha était déjà assis.

Il avait troqué son costume contre un simple jean et un T-shirt qui mettait en valeur ses larges épaules et ses avant-bras musclés. La lueur dansante des torches plantées aux quatre coins de la table faisait naître sur son visage des ombres fascinantes.

Jamais il ne lui avait semblé aussi mystérieux et séduisant qu'en cet instant. Aussi s'enjoignit-elle mentalement à la plus grande prudence. Elle ne pouvait se permettre de succomber au syndrome de Stockholm et de s'éprendre d'un homme qui n'avait pas hésité à la séquestrer…

Pascha observait avec attention le visage d'Emily, se demandant ce que pouvait bien signifier le brusque changement d'expression qu'il avait décelé dans ses yeux.

L'espace de quelques instants, elle lui avait semblé étrangement détendue, presque accessible. Puis elle s'était repliée sur elle-même, devenant tout à coup froide et distante. Il ne put s'empêcher de penser à Yana, son ex-femme.

Emily et elle étaient pourtant très différentes, physiquement. Mais elles exerçaient sur lui un effet similaire : une forme de fascination mêlée de curiosité qui était de nature aussi sensuelle qu'intellectuelle.

Mais c'était sans doute une excellente raison pour conserver ses distances vis-à-vis de la jeune femme. Car il ne se souvenait que trop du mal qu'il avait fait à Yana. A cause de lui, elle avait fini par perdre l'optimisme et la joie de vivre qui la caractérisaient. Et c'était un crime qu'il ne se pardonnerait sans doute jamais.

Depuis qu'ils s'étaient séparés, il avait pris grand soin d'éviter toute implication émotionnelle vis-à-vis des femmes qu'il fréquentait. Il était parfaitement clair avec elles : ces liaisons n'étaient que des aventures sans lendemain. Il n'était pas question pour lui de s'engager dans une relation au long cours.

Rares étaient celles qui parvenaient à le faire douter de cette résolution. Mais il était convaincu que s'il n'y prenait garde Emily pourrait fort bien devenir l'une d'entre elles.

— Qu'y a-t-il ? lui demanda-t-elle.

Il se força à lui décocher son sourire le plus insouciant et remplit leurs verres du vin blanc frais et capiteux qu'il avait choisi.

— Vous me faisiez penser à quelqu'un, lui dit-il.

Elle lui jeta un regard interrogateur mais il se garda de développer.

— Que pensez-vous de cet endroit ? lui demanda-t-il.

— Cette maison est tout bonnement fabuleuse, répondit-elle. Quant au reste de l'île, j'avoue être assez impatiente de l'explorer.

— Je suis certain que vous ne serez pas déçue. N'hésitez pas à faire appel à mon personnel si vous avez besoin de quoi que ce soit. Mais j'aimerais que vous me promettiez une chose.

— Quoi donc ?

— J'imagine que vous m'en voulez de vous avoir

séquestrée de cette façon. Tout ce que je vous demande, c'est de ne pas retourner votre colère contre les personnes qui se trouvent à mon service…

— Pour qui me prenez-vous ? protesta Emily, visiblement blessée qu'il puisse la croire capable d'une telle chose.

— A vrai dire, nous ne nous connaissons pas, vous et moi, lui rappela-t-il d'une voix qui se voulait conciliante. Et nous n'aurons sans doute pas l'occasion de faire vraiment connaissance.

— Que voulez-vous dire ?

— Je dois repartir pour Paris dès demain matin.

— Je vois…

Pascha n'aurait su dire si elle était déçue, soulagée ou parfaitement indifférente. Une fois de plus, elle se révélait très difficile à cerner.

— En ce qui concerne votre famille, j'avais une proposition à vous faire, reprit-il.

— Je vous écoute.

— Je pourrais leur laisser mes coordonnées de façon qu'ils puissent me joindre s'ils ont quelque chose à vous dire. Et si tel est le cas, je m'engage à vous contacter aussitôt.

Emily se renfrogna. Il était évident que cette solution ne lui plaisait guère. Pourtant, elle dut comprendre qu'il s'agissait du seul compromis envisageable. Pour des raisons évidentes, il ne pouvait la laisser les appeler en son absence.

— D'accord, soupira-t-elle enfin.

On leur apporta alors le repas qu'il avait fait préparer en son honneur. C'était un assortiment de poissons et de fruits de mer grillés accompagnés de riz parfumé et de sauces épicées dont son chef cuisinier avait le secret.

Pascha ne put réprimer un sourire en voyant les yeux d'Emily s'illuminer devant ce véritable festin. Elle s'y attaqua avec un réjouissant appétit, sans se soucier des convenances.

Délaissant les ustensiles compliqués disposés à côté de son assiette, elle brisa à la main la carapace de la langouste et du crabe qui remplissaient son assiette.

Sa façon de manger avait quelque chose de terriblement sensuel et Pascha ne put s'empêcher de se demander si elle faisait preuve d'autant d'appétit et d'enthousiasme dans le domaine amoureux.

Le seul fait de se poser cette question suffit à éveiller en lui un accès de désir aussi insidieux qu'irrépressible. Troublé, il s'efforça de se concentrer sur sa propre assiette.

Peut-être aurait-il mieux fait de dîner de son côté. Ou de faire servir leur repas dans la grande salle à manger qui constituait un cadre nettement plus formel que cette plage.

Sur le moment, il n'avait songé qu'à se détendre et à profiter de la beauté des lieux, l'espace d'une soirée, avant de repartir pour Paris. Pas un seul instant, il n'avait imaginé qu'un tel tête-à-tête puisse créer la moindre ambiguïté entre eux.

— Est-ce que je pourrais appeler mon père, maintenant ? lui demanda soudain Emily.

Il ne put s'empêcher d'admirer la loyauté indéfectible dont elle faisait preuve. N'avait-elle pas été prête à sacrifier sa propre liberté pour prouver l'innocence de son père ? Pascha, au contraire, avait trahi son père adoptif, faisant passer son orgueil avant son devoir. Et aujourd'hui, il devait en payer le prix…

Réprimant un soupir, Pascha sortit son téléphone portable de sa poche et le lui tendit.

Emily composa le numéro de la maison. Au bout de la troisième sonnerie, son frère lui répondit.

— James ? s'exclama-t-elle. Je suis contente que tu aies pu te libérer aussi vite !

— Je n'avais pas vraiment le choix, soupira-t-il. Quoi qu'il en soit, tu avais raison : papa a besoin de compagnie…

— Comment va-t-il ?

— Je ne l'ai jamais vu aussi déprimé. Il n'a même pas voulu quitter son lit pour descendre dîner. Et il n'a quasiment rien avalé.

Emily jeta un coup d'œil à la dérobée en direction de Pascha qui l'écoutait avec attention et ravala la question qui lui était venue aux lèvres.

Si son père se remettait de la terrible dépression dans laquelle il avait sombré, elle ne voulait pas que tout le monde sache qu'il avait failli se suicider. Malcolm Richardson avait toujours été quelqu'un de fier et il ne supporterait pas d'apparaître faible.

— Veille bien sur lui, répondit-elle. Et s'il y a du nouveau, n'hésite pas à me contacter. Mon téléphone ne capte pas sur cette île mais tu peux appeler sur celui-ci et laisser un message que l'on me transmettra.

Elle dicta le numéro de Pascha à James.

— Est-ce que Hugo a appelé, par hasard ? lui demanda-t-elle ensuite.

— Non, répondit son frère. Mais pourquoi l'aurait-il fait ? Je pensais que tu étais partie pour ton travail.

— Je t'expliquerai. C'est un peu compliqué… Je vais devoir te laisser. Prends soin de toi et de papa, d'accord ?

— C'est promis. A bientôt.

Elle raccrocha et rendit à Pascha son portable.

— Qui est Hugo ? lui demanda-t-il.

Elle fut tentée de lui répondre que cela ne le regardait pas mais songea que cela ne ferait qu'envenimer un peu plus leurs rapports.

— Mon patron, soupira-t-elle. Ou mon ex-patron, je ne sais pas…

— Que voulez-vous dire ?

Elle haussa les épaules.

— Hugo n'est pas quelqu'un de très compréhensif. Et je doute qu'il apprécie la semaine de vacances que j'ai décidé de prendre à l'improviste. D'autant que ces derniers temps j'ai déjà dû prendre pas mal de jours de congé sans solde…

Elle se tut, peu désireuse de s'étendre sur les conséquences désastreuses que cela aurait pour elle. D'aussi loin qu'elle s'en souvienne, elle avait toujours rêvé de dessiner des vêtements. Et elle avait parfaitement conscience de la chance qu'elle avait eue de décrocher le poste qu'elle occupait aujourd'hui.

Malgré la pression qui régnait dans la maison de couture pour laquelle elle travaillait, elle avait l'occasion d'y côtoyer les designers les plus talentueux.

Hugo était parfois difficile, mais il appréciait son talent et la respectait. Il s'était même montré assez compréhensif lorsque sa mère était morte et que son père avait sombré dans la dépression.

Mais elle avait fini par épuiser sa patience et il l'avait officiellement mise en garde, un mois auparavant, lui expliquant qu'il ne pouvait se permettre de mettre son entreprise en péril à cause d'elle.

— Je suis certain qu'il fera preuve d'indulgence si vous lui exposez la situation, déclara Pascha. Dites-lui juste à quel point votre père est malade…

Emily le considéra avec étonnement. Il s'était exprimé avec une gentillesse qu'elle n'aurait jamais soupçonnée chez un homme tel que lui. Elle résista cependant à la tentation de se confier à lui. Pascha avait déjà bien assez de pouvoir sur elle sans qu'elle lui fournisse de nouvelles armes.

Mais elle ne se sentait pas la force de discuter de tout cela de façon détachée. Les enjeux étaient bien trop importants : son propre avenir professionnel, bien sûr, mais aussi la détresse de son père et la façon dont elle s'interdisait de vivre le deuil de sa mère pour pouvoir lui venir en aide.

— Je me sens épuisée, déclara-t-elle brusquement. J'espère que vous ne m'en voudrez pas si je me retire.

— Bien sûr que non, lui assura-t-il.

Paradoxalement, elle lui en voulut de se montrer aussi compréhensif. Il aurait été plus facile pour elle de le considérer comme un adversaire.

— Bonsoir, lui dit-elle un peu sèchement.

— Bonne nuit, Emily, répondit Pascha d'une voix très douce.

Lorsque Emily se réveilla, le lendemain matin, elle constata avec étonnement qu'il était presque midi. Elle n'avait pas eu l'intention de se réveiller aussi tard mais la fatigue et les émotions de ces derniers jours avaient fini par la rattraper, la faisant sombrer dans un sommeil sans rêves.

Après s'être douchée et habillée, elle quitta sa chambre pour gagner le bâtiment principal où elle ne trouva aucune trace de Pascha. Sans doute avait-il déjà regagné Porto Rico pour prendre l'avion.

Cette idée éveilla en elle une réaction assez ambiguë. Elle se sentait soulagée, bien sûr, mais ce sentiment s'accompagnait d'une pointe de déception. Malgré elle, elle s'était sentie intriguée par ce qu'elle avait découvert au sujet de Pascha.

Non seulement il s'était révélé plus humain qu'elle ne l'avait imaginé mais, de plus, elle avait cru deviner au détour de certains de ses silences que lui aussi avait eu à souffrir de drames personnels.

Peut-être valait-il mieux que les choses en soient restées

là entre eux. Leurs relations n'étaient certes pas idéales mais elles avaient au moins le mérite d'être simples. Lorsque le moment viendrait pour elle de rentrer chez elle, elle pourrait se souvenir de son séjour ici comme une semaine de vacances forcées.

En attendant, elle comptait bien faire contre mauvaise fortune bon cœur et partir à la découverte de l'île. Sur les conseils de Valeria, elle prit un sac dans lequel elle glissa une bouteille d'eau fraîche, une lotion antimoustiques, une serviette et un T-shirt de rechange.

— L'île n'est pas très grande, lui dit la gouvernante. Si jamais vous vous égarez, dirigez-vous vers la mer et suivez la côte : tôt ou tard vous finirez par tomber sur la maison.

Forte de cette recommandation, Emily s'enfonça d'un bon pas dans la forêt.

Sous le couvert des arbres régnait une chaleur moite et elle ne tarda pas à être en nage. Tandis qu'elle progressait dans cette véritable étuve, elle fut frappée par les multiples bruits qui résonnaient autour d'elle : crissement des insectes, cris des oiseaux, hurlements des singes…

L'effet était saisissant et même légèrement angoissant. Elle commençait à se demander si elle ne ferait pas mieux de faire demi-tour lorsqu'elle perçut un grondement sourd. Quelques mètres plus loin, elle aperçut un sentier qui partait sur la droite et s'y engagea.

Elle reprit sa route avec une ardeur renouvelée et ne tarda pas à atteindre le lieu dont Valeria lui avait parlé. Là, elle tomba en arrêt, saisie par la beauté du paysage qui s'offrait à ses yeux. En cet endroit, le rivage était surélevé, dominant la mer d'une dizaine de mètres.

Du haut de cette falaise se déversait un cours d'eau qui prenait naissance au centre de l'île. Emily s'approcha du bord, contemplant cette cascade qui s'abîmait dans l'océan. Elle repensa à celle qu'elle avait découverte avec des amis lors d'un séjour en Thaïlande.

— Vous ne devriez pas vous approcher autant, fit une voix derrière elle.

Elle sursauta violemment et se tourna vers Pascha dont elle n'avait pas remarqué la présence jusqu'alors. Il se tenait un peu en retrait, les bras croisés, vêtu d'un short et d'un T-shirt qui soulignaient sa silhouette athlétique.

— Qu'est-ce que vous faites là ? lui demanda-t-elle, stupéfaite. Je pensais que vous étiez en route pour Paris.

— J'ai dû repousser mon départ… Mais écartez-vous du bord, je vous en prie.

— Voyez le bon côté des choses, railla-t-elle. Si je tombe, vous n'aurez plus à vous inquiéter de ce que je peux bien raconter à votre sujet !

— Très drôle…

— Vous avez déjà essayé de plonger dans la cascade ?

— Ne soyez pas absurde. C'est beaucoup trop dangereux.

— Je l'ai fait, une fois, en Thaïlande. Je crois que je n'ai jamais rien ressenti d'aussi exaltant de ma vie…

— Peut-être, répondit Pascha d'un air grave. Mais vous avez des responsabilités aujourd'hui. Que deviendra votre père si vous vous tuez en tombant de cette falaise ?

Cette simple question ramena brusquement Emily à la dure réalité de l'existence. Pascha avait raison : qu'adviendrait-il de Malcolm si elle disparaissait ? James parviendrait-il à s'occuper de lui seul ?

Un an seulement auparavant, elle aurait probablement sauté, juste pour prouver à Pascha qu'elle ne se souciait pas de ce qu'il pouvait bien dire ou penser. Mais elle avait changé.

Au cours des derniers mois, elle avait perdu un peu de cette innocence qui la caractérisait autrefois. Elle avait découvert combien la vie pouvait se montrer impitoyable lorsque l'on commettait l'erreur de baisser la garde…

Pascha vit le visage d'Emily se décomposer et se sentit terriblement coupable de s'être servi de son père de cette façon. Mais le fait de la voir aussi proche de ce précipice le rendait nerveux. Lorsqu'elle s'en écarta enfin, il ne put réprimer un soupir de soulagement.

Au même instant, il prit conscience de la tenue qu'elle portait. Son short révélait de longues jambes au galbe parfait. Son T-shirt soulignait la courbe flatteuse de sa poitrine. Elle ne portait pas de maquillage et ses longs cheveux noirs et bouclés étaient attachés en arrière, mettant en valeur les traits de son visage. Elle était plus belle encore au naturel que lorsqu'elle était maquillée et apprêtée.

Jamais il n'avait rencontré quelqu'un comme Emily. Il émanait d'elle un mélange désarmant d'assurance et de fragilité, de candeur et de volonté farouche. Et plus il la fréquentait, plus il se découvrait sensible au charme qui se dégageait d'elle.

— Nous devrions rentrer, lui dit-il d'une voix qui lui parut légèrement étranglée.

Le regard qu'elle lui lança lui indiqua clairement qu'elle ne comptait pas se plier à ses ordres.

— J'ai demandé au cuisinier de nous préparer un bon déjeuner, ajouta-t-il. Vous pourrez revenir ici ensuite, si vous le désirez.

Elle hésita un instant avant de le rejoindre. Tous deux se remirent alors en route vers la maison.

— Comment se fait-il que vous soyez toujours ici ? lui demanda Emily au bout de quelques minutes de silence.

— Le bateau a un problème de moteur, expliqua-t-il. Luis attend qu'on lui livre une pièce pour procéder aux réparations.

— Quand doit-elle arriver ?

— D'ici à la fin de la journée, normalement.

— Vous partirez donc pour Paris dans la soirée ?

— Non. Il faudra plusieurs heures pour réparer. Mais Luis pense que nous pourrons partir dès demain matin, si le temps le permet…

— Que voulez-vous dire ?

— On annonce une tempête tropicale. Si elle atteint la zone avant demain, nous serons obligés d'attendre qu'elle s'éloigne.

Emily se rembrunit. Il était évident que la perspective d'affronter un cyclone l'inquiétait.

— Ne vous en faites pas, lui dit-il. La tempête devrait passer au nord d'ici et nous ne serons probablement pas les plus exposés.

— Probablement ? répéta-t-elle d'un ton ironique. Eh bien, me voilà rassurée…

Pascha ne put s'empêcher de sourire. Pourtant, il se sentait de nouveau coupable de l'avoir amenée ici de force alors qu'un ouragan se préparait. Ils pouvaient être particulièrement redoutables dans la région.

Comme il s'apprêtait à reprendre la parole, son téléphone se mit à sonner. Jetant un coup d'œil à l'écran, il constata qu'il s'agissait du frère d'Emily.

— C'est James, lui dit-il en lui tendant l'appareil.

Instantanément, l'ironie qui se lisait dans ses yeux disparut, remplacée par une lueur d'inquiétude.

— James ? Que se passe-t-il ? demanda-t-elle en décrochant.

Tandis qu'elle écoutait la réponse de son frère, l'expression de son visage se modifia de nouveau, l'angoisse cédant place à un soulagement empreint d'une pointe d'agacement.

— Ne me dis pas que tu ne sais toujours pas te servir d'une machine à laver ! s'exclama-t-elle.

Pascha se détendit soudain. Il écouta avec amusement Emily expliquer comment faire fonctionner le lave-linge familial. Lorsqu'elle lui tendit le téléphone, elle dut percevoir l'humour qui brillait dans son regard.

— Vous faites le malin mais je serais prête à parier que vous non plus vous n'avez jamais utilisé de machine.

Il secoua la tête d'un air désolé.

— On voit que vous me connaissez mal, dit-il. Je n'ai pas toujours été riche, vous savez. Et contrairement à ce que vous semblez penser, je n'ai pas toujours du personnel à demeure.

— Vraiment ? s'étonna-t-elle. Vous avez pourtant les moyens de vous offrir ce luxe…

— Figurez-vous que j'aime jouir d'une certaine intimité. Et le meilleur moyen pour cela est de savoir se débrouiller par soi-même.

— Aliana ne manque pas de personnel, objecta Emily.

— C'est parce que je viens ici pour me détendre. C'est un peu comme un hôtel particulier.

Emily le considéra attentivement, comme si elle cherchait à jauger sa sincérité. Elle dut être satisfaite sur ce point car elle sembla se détendre un peu, allant même jusqu'à lui décocher l'un des rares sourires dont elle l'avait gratifié depuis qu'ils se connaissaient.

L'intensité du désir qu'il sentit alors monter en lui le prit totalement de court. Et il comprit que s'il n'y prenait garde il risquait bel et bien de succomber au charme d'Emily.

5.

De retour à la maison, Emily prit une douche rapide avant d'aller rejoindre Pascha dans la grande salle à manger. Mais en arrivant, elle eut la surprise de trouver la table mise pour une seule personne.

Une curieuse sensation d'abandon s'insinua en elle. Elle n'aurait su dire pourquoi elle se sentait aussi dépitée. Après tout, elle n'avait jamais caché l'antipathie que lui inspirait Pascha et aurait probablement dû se réjouir de son absence. Mais elle était déçue qu'il n'ait pas daigné se joindre à elle.

La fille de Luis et Valeria lui apporta un bol de bisque de homard. En réponse à ses questions, elle expliqua que Pascha avait eu un empêchement de dernière minute.

Après avoir mangé sans grand appétit, Emily regagna sa chambre et sortit sa machine à coudre et son carnet à croquis. Elle se mit aussitôt au travail, ressortant un vieux projet de robe qu'elle n'était pas parvenue à terminer et qu'elle s'était toujours juré de reprendre un jour.

Cela faisait près d'un an qu'elle n'avait pas eu le temps de travailler de cette façon, juste pour elle-même, sans commande particulière de Hugo. Elle avait passé la majeure partie de son temps libre auprès de sa mère, à l'hôpital, puis de son père dépressif. Et lorsqu'elle se retrouvait enfin seule, elle se sentait bien trop épuisée pour pouvoir créer.

A présent, en revanche, il lui semblait retrouver un peu de l'enthousiasme qui l'habitait lorsqu'elle fréquentait l'école de stylisme où elle avait appris son métier. Il fallait peut-être y voir l'influence positive de cette île à l'atmosphère si particulière.

Ici, elle avait un peu l'impression de se trouver hors du monde, hors du temps. Il régnait une forme de sérénité propice à la création. Elle termina quelques croquis qui lui semblèrent très prometteurs et commença à coudre. Mais elle s'aperçut alors qu'elle avait complètement oublié d'emporter son mannequin.

Pour poursuivre son travail, elle aurait donc besoin de quelqu'un pour lui servir de modèle. Elle songea aussitôt à la fille de Luis et Valeria et se promit de demander à ses parents l'autorisation de solliciter son aide.

En attendant, elle décida d'aller nager dans le lagon couleur d'émeraude qui scintillait sous les rayons du soleil de façon si tentante. S'emparant de la paire de palmes et du masque qu'elle avait trouvés dans sa chambre en revenant de sa promenade, elle descendit les marches qui conduisaient à la plage.

L'eau du lagon était chaude en surface et nettement plus froide au-dessous, ce qui offrait un contraste assez agréable. Elle s'amusa à plonger dans cette fraîcheur avant de remonter pour se réchauffer et de replonger encore.

Elle ne tarda pas à découvrir qu'elle n'était pas la seule à apprécier de jouer ainsi entre deux eaux. Des centaines de poissons bariolés s'offraient à ses regards émerveillés. En s'éloignant un peu plus du rivage, elle découvrit aussi de gros coraux de formes et de couleurs variées.

Jamais elle n'avait contemplé un tel spectacle et elle se laissa totalement absorber par la découverte de ce monde magique et mystérieux qui se révélait à elle.

Après avoir frappé à deux reprises à la porte d'Emily sans obtenir de réponse, Pascha se décida à entrer. Mais il ne tarda pas à constater que la chambre de la jeune femme était déserte. Le croquis qui se trouvait sur le bureau, près de la machine à coudre, attira néanmoins son attention.

Il fut frappé par la précision du trait tout autant que par l'inventivité dont Emily faisait preuve. Le modèle qu'elle avait dessiné était aussi audacieux qu'original.

Mais le moment était mal choisi pour admirer ses œuvres. Quittant la pièce, il emprunta l'escalier qui menait à la plage. Là, il découvrit un T-shirt et un short négligemment abandonnés sur le sable et des traces de pas qui s'avançaient jusqu'à la mer.

Portant ses mains en visière, il parcourut des yeux le lagon et finit par apercevoir une ombre surmontée d'un tuba qui se rapprochait à vive allure du rivage. Emily s'immobilisa à quelques mètres et se mit debout. Otant son masque, elle rabattit ses longs cheveux en arrière.

Ruisselante, les yeux luisant encore du plaisir de la nage, elle était sublime. Et une fois de plus, il sentit monter en lui un élan de désir irrépressible. S'il avait écouté son instinct, il se serait avancé à sa rencontre pour l'embrasser.

— Vous ne devriez pas aller nager sans prévenir, lui dit-il d'un ton bien plus bourru qu'il ne l'aurait voulu.

Il n'aurait su dire si c'était à elle ou à lui-même qu'il en voulait le plus, en cet instant. Mais l'incontestable attirance qu'elle exerçait sur lui le mettait terriblement mal à l'aise.

A l'heure actuelle, il aurait dû se trouver à Paris et mettre la dernière main à ce contrat décisif qu'il était sur le point de signer. Et au lieu de cela, voilà qu'il se retrouvait bloqué sur cette île avec cette femme impossible qui menaçait de le rendre fou…

Elle s'avança vers lui, les bras croisés sur sa poitrine à laquelle il s'efforçait vainement de ne pas faire attention.

— Vous avez le chic pour gâcher mon plaisir, lui dit-elle d'un air de reproche.

— Je cherche juste à assurer votre sécurité, protesta-t-il vivement. Il y a quelques heures, vous étiez sur le point de sauter du haut d'une falaise. Et maintenant, vous décidez d'aller nager alors que vous êtes en pleine digestion et que le soleil est presque à son zénith. Vous auriez pu attraper une insolation !

Elle fit mine de répondre mais se ravisa.

— La prochaine fois, prévenez au moins Valeria ou Luis.

— D'accord…

Pascha hocha la tête d'un air approbateur. De toute évidence, il avait sous-estimé le goût du risque qui caractérisait Emily. Il se promit de demander à Luis et à Valeria de la garder discrètement à l'œil.

— Vous vouliez me dire quelque chose de particulier ou vous avez juste décidé de me suivre partout où je vais, aujourd'hui ? lui demanda-t-elle alors d'un ton narquois.

— Je suis venu vous prévenir que la tempête dont je vous ai parlé s'est légèrement décalée vers le sud. Ce qui signifie qu'elle est en train de se diriger droit sur nous à l'heure actuelle…

En entendant ces mots, Emily pâlit. Dieu merci, songea-t-il, elle n'était tout de même pas totalement irresponsable.

— Il me semblait bien avoir senti le vent se lever. Dans combien de temps la tempête sera-t-elle ici ?

— C'est difficile à dire, répondit Pascha. Mais cela peut se produire très rapidement et, dans le doute, nous ferions mieux de nous mettre à l'abri.

— Dans la villa principale ?

— Non, répondit-il. Dans le refuge que j'ai fait construire

un peu plus en hauteur. Même au cas improbable où nous aurions affaire à un tsunami, nous y serons en sécurité.

Lorsque Pascha lui avait parlé de se mettre à l'abri, Emily s'était dit qu'il exagérait probablement la gravité de la situation. Mais tandis qu'elle regagnait sa chambre pour y prendre ses vêtements et les quelques affaires qu'il lui avait demandé de réunir, le vent redoubla.

Lorsqu'ils se mirent en marche vers le refuge, ils empruntèrent un autre sentier que celui qu'elle avait suivi pour se rendre à la cascade. Il s'élevait vers le centre de l'île. Les arbres les protégeaient, mais en entendant bruisser les feuilles tout autour d'eux, elle comprit que la tempête progressait très vite.

Les animaux s'étaient tus, ce qui ajoutait encore à son inquiétude. Mais lorsqu'elle découvrit le refuge dont Pascha lui avait parlé, elle se sentit nettement rassurée. C'était un bâtiment d'aspect trapu, entièrement construit en béton. Il était situé au milieu d'une clairière, de façon à profiter de la protection des arbres, mais assez loin de la lisière pour éviter que l'un d'eux ne s'effondre dessus.

En y pénétrant, elle constata sans surprise que Pascha n'avait rien négligé : l'abri paraissait suffisamment solide et bien équipé pour leur permettre de survivre à la fin du monde. Il était aussi très silencieux.

— Où sont Valeria et sa famille ? demanda-t-elle.

— Ils disposent de leur propre abri, expliqua Pascha.

Emily comprit qu'ils allaient devoir passer la nuit seuls ici. Et cette idée éveilla en elle un certain malaise.

— Je pensais que nous serions avec eux, remarqua-t-elle d'un ton légèrement accusateur.

— J'aurais peut-être dû vous le préciser, répondit Pascha, un peu surpris par sa réaction. Mais je n'ai pas pensé que c'était important…

— J'aurais pu aller avec eux.

L'étonnement de Pascha s'accrut encore.

— Ils préfèrent sans doute se retrouver en famille dans un moment comme celui-ci, objecta-t-il. A vrai dire, c'est précisément pour cela que je leur ai fait bâtir un abri séparé. Je ne voulais pas empiéter sur leur intimité…

Comment aurait-elle pu le lui reprocher ? Emily était bien placée pour comprendre que les familles avaient parfois besoin de faire face ensemble aux situations de crise. Mais la perspective de passer une nuit entière auprès de Pascha dans un espace aussi confiné la rendait nerveuse.

L'intérieur du refuge était effectivement constitué d'une pièce unique qui comportait un coin salon, une kitchenette et un unique lit. Seule la petite salle de bains offrait un semblant d'intimité.

Après avoir refermé derrière eux la lourde porte qui atténua les hurlements du vent, Pascha se dirigea vers le petit bar qui se dressait près du confortable canapé.

— Vous voulez boire quelque chose ? lui proposa-t-il.

Elle lui jeta un regard interdit, prise de court par cette proposition inattendue.

— C'est l'heure de l'apéritif, déclara-t-il en haussant les épaules.

Elle ne put s'empêcher d'admirer le naturel avec lequel il essayait de détendre l'atmosphère.

— Qu'est-ce que vous avez ?

— Un peu de tout, à vrai dire.

— Je prendrais bien un punch planteur, dans ce cas.

— C'est comme si c'était fait. Vous voulez de la glace pilée, dedans ?

Elle ne put s'empêcher de sourire.

— Ce n'est pas un refuge, c'est un palace ! s'exclama-t-elle.

— Je suis heureux que ça vous plaise, répondit-il. Asseyez-vous, je vous apporte votre verre.

Avec une habileté consommée, il lui prépara un punch qu'il signa d'un trait de citron avant de se servir un whisky. Lui tendant son verre, il leva le sien.

— A nos vacances forcées…

Elle l'imita et avala une gorgée de punch. Il était bien dosé et délicieusement parfumé.

Pascha étouffa alors un juron.

— Que se passe-t-il ? lui demanda-t-elle, surprise.

— J'ai oublié mon chargeur de portable. Et je ne pense pas que j'aurai assez de batterie pour tenir jusqu'à demain.

L'idée que James ne puisse pas la contacter en cas d'urgence la mit légèrement mal à l'aise. Mais elle tenta de se raisonner : s'il s'agissait vraiment de quelque chose d'important, elle ne pourrait pas faire grand-chose tant qu'elle serait bloquée dans ce bunker au milieu de la tempête.

Un sourire plein d'autodérision se dessina sur ses lèvres. Fallait-il que la situation prenne un tour aussi dramatique pour qu'elle s'autorise enfin à prendre un peu de distance vis-à-vis de ses problèmes ?

Evidemment, elle risquait fort de les troquer contre d'autres, songea-t-elle en observant Pascha à la dérobée. Car jamais il ne lui avait semblé aussi séduisant qu'en cet instant.

Le regard qu'Emily posait sur lui troubla Pascha bien plus qu'il ne l'aurait voulu. Jusqu'à présent, il n'avait pas vraiment considéré ce qu'il pourrait éprouver en se retrouvant enfermé avec elle.

Mais il commençait tout juste à comprendre qu'il lui serait beaucoup plus difficile de résister à l'attirance qu'elle exerçait sur lui dans un environnement aussi confiné.

Etait-ce aussi ce qu'elle ressentait ? Etait-ce la raison pour laquelle elle s'était montrée si incisive ?

Il soupira intérieurement. A l'heure actuelle, il aurait dû se trouver à Paris, avec ses avocats. Bien sûr, il s'était entretenu avec eux au cours de la journée mais cela ne valait pas une conversation en tête à tête. Tant de choses pouvaient compromettre l'accord qu'il s'apprêtait à signer !

Il aurait mieux fait de repartir directement après avoir conduit Emily jusqu'ici. Après tout, il aurait tout aussi bien pu dormir dans l'avion pendant le trajet jusqu'en France.

Mais la vérité, c'est qu'il n'avait pas pu résister à la tentation de passer quelques heures de plus en compagnie de la jeune femme.

Et voilà qu'il se retrouvait à l'autre bout du monde, coincé dans un abri dont il ne savait pas quand il pourrait sortir, avec un téléphone qui était susceptible de rendre l'âme d'un moment à l'autre…

Pendant qu'il se faisait ces réflexions, Emily s'était levée pour se diriger vers la kitchenette. Elle ouvrit les placards les uns après les autres et poussa un petit sifflement admiratif.

— On dirait que nous avons de quoi tenir un siège, constata-t-elle.

— Nous ne sommes ici que pour une nuit, répondit-il. La tempête devrait être passée d'ici à quelques heures.

— Espérons-le.

Pascha se prit à imaginer la façon dont ils pourraient passer le temps s'ils se retrouvaient enfermés dans ce refuge. Mais il écarta très vite les pensées terriblement érotiques qui lui venaient à l'esprit.

Que lui arrivait-il donc ? Cela faisait bien longtemps qu'aucune femme ne lui avait fait un tel effet. Et le plus étrange, c'était qu'il ne parvenait pas vraiment à s'expliquer l'intensité de ses propres réactions à l'égard d'Emily.

Il ne pouvait nier le fait qu'elle possédait un charme fou, ni qu'elle était physiquement très attirante. Elle était intelligente, aussi, et avait démontré qu'elle possédait un sens de la famille et une forme d'intégrité morale qu'il ne pouvait qu'admirer…

— Est-ce que vous avez faim ? lui demanda-t-elle alors.

— Oui. Je peux nous préparer quelque chose, si vous voulez. Mais n'en attendez pas trop. La cuisine n'est pas mon fort.

— Je vais m'en charger, déclara-t-elle. Cela m'occupera…

— Vous avez peur de vous ennuyer ?

Elle ne put soutenir son regard et il comprit qu'il n'était pas le seul à ressentir l'ambiguïté de leurs rapports et l'étrange alchimie qui existait entre eux en dépit de leurs différends.

— Vous voulez quelque chose en particulier ? lui demanda-t-elle d'une voix légèrement embarrassée. Ce n'est pas le choix qui manque.

— Je vous fais confiance.

Elle commença à s'activer dans la cuisine, sélectionnant les ingrédients dont elle avait besoin. Faisant tourner son verre de whisky dans sa main, Pascha la contempla d'un air songeur.

Il songea à sa propre mère qu'il regardait souvent cuisiner, lorsqu'il était enfant. Emily possédait cette même grâce, cette élégance innée qui s'exprimait dans le moindre de ses gestes.

C'était quelque chose d'indéfinissable, une forme de magie qui s'insinuait en lui, éveillant un mélange irrépressible d'admiration, de nostalgie, et d'aspirations diffuses.

Et il se prit alors à songer que l'homme qui épouserait

Emily Richardson pourrait se considérer comme quelqu'un de très chanceux.

Prenant brusquement conscience du tour que prenaient ses pensées, Pascha se figea. Et s'il était en train de tomber amoureux de cette femme ?

6.

Emily ne parvenait toujours pas à se détendre.

Au contraire même, il lui semblait que plus la soirée avançait et plus son agitation allait croissant. Le silence pesant qui planait entre eux ne faisait qu'accentuer cette sensation.

Lorsqu'elle habitait chez ses parents, il y avait toujours du bruit, celui de leurs conversations comme celui de la radio qui était le plus souvent allumée. Et lorsqu'elle s'était installée dans son appartement, elle avait gardé l'habitude de mettre de la musique.

— C'était délicieux, déclara alors Pascha qui venait de dévorer avec appétit l'assiette de pâtes *alla carbonara* qu'elle avait placée devant lui quelques minutes auparavant. Vous n'avez pas faim ?

— Pas très, répondit-elle.

De fait, elle avait l'estomac noué. La seule présence de Pascha éveillait en elle une fascination mêlée de nervosité qu'elle était incapable de réprimer. Elle s'efforçait périodiquement de se reprendre, se rappelant que cet homme avait accusé à tort son père avant de le licencier. Mais rien n'y faisait.

Pascha était indéniablement l'homme le plus séduisant qu'il lui ait jamais été donné de rencontrer. Et elle ne pouvait nier le fait qu'il s'était montré tout à fait charmant à son égard.

Non seulement il n'avait jamais cherché à abuser

de la situation mais il s'était même conduit en parfait gentleman en toutes circonstances, faisant preuve d'une grande prévenance.

Certes, il l'avait plus ou moins forcée à venir ici. Mais elle ne pouvait se plaindre de ses conditions de détention. Cette île était l'un des plus beaux endroits qu'elle ait visités au cours de son existence.

En réalité, il lui était de plus en plus difficile de le détester. Et à mesure que sa colère et sa défiance se dissipaient, elle avait du mal à lutter contre le pouvoir de séduction qui émanait de lui.

Il se leva et ramassa leurs assiettes. Comme elle faisait mine de l'imiter, il secoua la tête.

— Vous en avez déjà fait assez, lui dit-il. Je m'en occupe.

Lorsqu'il s'éloigna en direction de la kitchenette, elle parvint enfin à se détendre un peu. Elle ne put cependant résister à la tentation de l'observer pendant qu'il avait le dos tourné. Elle admira ses larges épaules, ses longues jambes et ses bras musclés.

Une étrange sensation de chaleur se répandit alors au creux de son ventre et ne tarda pas à envahir tous ses membres. Refusant de s'y abandonner, elle décida qu'un peu d'humour l'aiderait peut-être à détendre l'atmosphère.

— Vous savez que vous feriez un mari parfait, remarqua-t-elle d'un ton qui se voulait malicieux.

Elle le vit sursauter légèrement et il lui jeta un coup d'œil qui trahissait un mélange d'étonnement, de curiosité et de doute qu'elle aurait été bien en peine de s'expliquer. Pour la première fois depuis qu'elle le connaissait, elle se demanda s'il y avait quelqu'un dans sa vie.

Il paraissait peu probable que quelqu'un d'aussi riche et d'aussi séduisant soit célibataire. Et pourtant, depuis qu'ils étaient ici, elle ne l'avait jamais entendu faire allusion à une éventuelle petite amie.

— Est-ce que vous avez déjà pensé à vous marier ? demanda-t-elle.

— Pourquoi cette question ?

Elle haussa les épaules.

— Pour faire la conversation.

— Vous ne préférez pas parler de la pluie et du beau temps, plutôt ? répliqua-t-il.

— Etant donné la tempête qui fait rage dehors, pas vraiment…

Il ne put s'empêcher de sourire, ce qui ne fit qu'alimenter un peu plus le trouble d'Emily.

— Eh bien, si vous tenez à le savoir, j'ai été marié une fois. Mais ça n'a pas marché. A cause de moi. Je ne pense pas que je sois fait pour le mariage.

— Pourquoi cela ?

Il reposa le torchon qu'il tenait et se tourna vers elle.

— Vous êtes bien curieuse… Et vous ? Comment se fait-il que vous n'ayez pas de petit ami ? Depuis combien de temps êtes-vous célibataire ?

— Sept ans, répondit-elle.

Il la considéra avec stupeur. Apparemment, il ne s'était pas attendu à cela.

— C'est long…, commenta-t-il enfin.

— En effet.

— Mais vous avez bien dû avoir des aventures, depuis.

Emily secoua la tête.

— Je travaille dans le monde de la mode, expliqua-t-elle. La plupart des hommes que je fréquente sont gays. Et ceux qui ne le sont pas sont souvent narcissiques et imbus de leur personne…

Elle s'abstint de préciser qu'elle avait depuis longtemps renoncé à chercher l'âme sœur. En réalité, elle n'y croyait plus vraiment. Son expérience lui avait prouvé qu'une relation amoureuse causait bien plus de problèmes qu'elle n'en résolvait.

— Nous sommes assez pitoyables, n'est-ce pas ? fit Pascha d'un ton légèrement malicieux.

Elle ne put s'empêcher de lui rendre son sourire.

— J'en ai peur, répondit-elle. Nous ferions peut-être mieux de changer de sujet.

— Avec plaisir. De quoi voulez-vous parler ?

— Vous pourriez me dire pourquoi vous tenez tant à racheter Plushenko ? Mon instinct me dit que c'est une affaire personnelle.

— Qu'est-ce qui vous fait penser cela ? s'étonna Pascha.

— Je ne crois pas que vous séquestreriez une femme à l'autre bout du monde si tel n'était pas le cas.

— Vous devriez peut-être penser à devenir journaliste ou détective privé, remarqua-t-il.

— Et vous, vous tentez une fois de plus de détourner la conversation.

— Parlez-moi d'abord de vous et je vous dirai peut-être quelle est la nature de mes relations avec Marat Plushenko…

— De moi ?

— Eh bien, je sais déjà que vous êtes styliste.

Elle hocha la tête, rassurée d'en revenir à un sujet aussi prosaïque.

— Je travaille pour Hugo Alexander…

— Hugo Alexander ? C'est lui, le Hugo dont vous avez parlé ?

— Oui.

— Dans ce cas, vous devez être sacrément douée. C'est l'un des couturiers les plus en vue du moment.

— Vous avez l'air surpris.

— Impressionné serait le mot, répondit-il. Mais pas si surpris, à la réflexion. D'après ce que j'ai pu en voir, les créations de la maison Alexander sont très excentriques.

— Vous me trouvez excentrique ?

— Au cas où vous l'auriez oublié, le jour où vous

m'avez été présentée, vous étiez habillée comme Morticia de la famille Addams…

Emily éclata de rire.

— C'est parce que je revenais tout juste d'un défilé de mode que Hugo avait imaginé sur un thème gothique. Je n'avais pas eu le temps de me changer. J'ai voulu vous le dire mais vous ne m'avez même pas laissée placer un mot.

— A vrai dire, je pensais que vous vous étiez habillée comme cela par pur esprit de provocation.

— Pas du tout… Mais j'avoue qu'il m'arrive de porter des robes de ce genre. Déjà, lorsque j'étais enfant, je détestais la plupart des vêtements pour petites filles. Tout était trop rose, trop pastel, trop mignon… C'est l'une des raisons pour lesquelles j'ai commencé à coudre mes propres habits. J'ai convaincu ma mère de m'apprendre à me servir de sa machine.

— Elle était couturière ?

— Non. Mais elle aurait probablement pu le devenir si elle l'avait voulu. Elle était vraiment très douée.

Un sourire se dessina sur ses lèvres.

— Elle était si fière, le jour où j'ai été engagée par Hugo. On aurait dit que c'était elle qui venait de décrocher le poste. Et d'une certaine façon, c'était un peu le cas. Je lui dois beaucoup…

Emily ravala la bouffée de nostalgie qui montait brusquement en elle.

— Alors ? lui dit-elle. Est-ce que j'ai satisfait votre curiosité ?

— Vous n'avez fait que l'attiser, au contraire, déclara Pascha.

Elle le considéra avec une pointe d'étonnement. Il l'avait effectivement écoutée avec beaucoup d'intérêt. Elle avait pourtant du mal à imaginer ce qui pouvait bien le captiver à ce point. Comparée à la sienne, son existence devait paraître d'une banalité presque affligeante.

— Alors ? dit-elle de nouveau. Me direz-vous pourquoi vous tenez tant à racheter Plushenko ?

Il hésita pendant si longtemps qu'elle pensa qu'il n'allait pas lui répondre.

— Marat Plushenko est mon frère, lui dit-il enfin.

Elle lui lança un regard ébahi.

— Je ne m'attendais pas à cela, avoua-t-elle. Et pourquoi tenez-vous tant à racheter son entreprise à son insu ?

— Parce qu'il n'accepterait jamais de me la vendre, répondit Pascha. Marat et moi ne sommes pas des frères biologiques. Je n'ai jamais connu mon véritable père : il a quitté ma mère avant même ma naissance. Elle s'est remariée avec le père de Marat, Andrei Plushenko, qui m'a adopté. Ils nous ont élevés comme des frères mais Marat m'a toujours détesté.

— Pourquoi ?

— C'est difficile à dire… Je crois qu'il ne m'a jamais pardonné le fait qu'Andrei m'ait considéré comme un fils à part entière. Il estimait sans doute qu'il était le seul héritier légitime.

— N'est-ce pas le cas ? s'enquit Emily en fronçant les sourcils. Je croyais que c'était lui le P.-D.G. de Plushenko ?

— Pas au début… En fait, initialement, il a préféré se lancer dans les affaires de son côté tandis que je gravissais peu à peu les échelons au sein de l'entreprise familiale. Il a monté quatre ou cinq sociétés qui ont fait faillite les unes après les autres.

— Voilà qui n'était guère encourageant…

— Effectivement. C'est la raison pour laquelle, lorsqu'il a demandé à réintégrer l'entreprise, il y a huit ans de cela, j'étais un peu méfiant. Andrei, au contraire, était aux anges. A ses yeux, c'était le retour de l'enfant prodigue. Et il lui a proposé un poste de direction…

— J'imagine que vous n'étiez pas d'accord.

— J'aurais préféré qu'il fasse ses preuves, qu'il prenne

le temps de découvrir l'activité avant d'être propulsé à la tête d'un service. Mais Andrei ne voyait pas les choses de cette façon…

Pascha se tut. Dans ses yeux, elle crut lire un mélange de regret et d'amertume.

— Que s'est-il passé ensuite ?

— J'étais tellement convaincu de ce que j'avançais que j'ai posé un ultimatum. J'ai dit à Andrei que si Marat entrait au conseil d'administration, ce serait moi qui démissionnerais.

— Et il a choisi votre frère ?

— Pas de façon aussi claire. Il m'a juste regardé dans les yeux et m'a dit : « Il est de mon sang, Pascha. Je ne peux pas lui faire ça. » Alors je suis parti.

— Comment Andrei a-t-il réagi ?

— Il a été très attristé par ma décision. Ma mère aussi, d'ailleurs. Mais j'étais trop en colère pour faire marche arrière. J'avais beaucoup donné à notre entreprise : je m'étais dépensé sans compter pour développer notre présence à l'international et pour moderniser nos processus de production…

Pascha secoua tristement la tête.

— J'ai été jusqu'à changer de nom. J'ai abandonné celui de Plushenko pour reprendre le nom de famille de ma mère. Cette décision a sonné le glas de mes relations avec ma famille. Il m'a fallu cinq ans pour comprendre que j'étais allé trop loin et que j'avais fait beaucoup de mal à Andrei et à ma mère. Mais lorsque j'ai voulu faire amende honorable, il était trop tard : Andrei était mort. Marat s'est alors retrouvé à la tête de l'entreprise et cela a été une véritable débâcle. En l'espace de trois ans, il l'a presque acculée à la faillite. Pourtant, il n'accepterait jamais de me vendre ses parts. C'est la raison pour laquelle j'ai monté une société d'investissement qui doit servir d'intermédiaire dans cette transaction…

— Mais je ne comprends pas : comment peut-il vous détester à ce point ? Vous êtes tout de même frères !

— Je ne sais pas, soupira Pascha. A vrai dire, cela fait si longtemps que cela dure que je ne me pose même plus la question. Peut-être que lui non plus…

Emily secoua la tête. Elle ne pouvait concevoir une telle haine entre les membres d'une même famille, particulièrement en l'absence de toute raison objective.

— Vous voulez un autre cocktail ? lui proposa alors Pascha.

— Est-ce que par hasard vous essaieriez de me soûler ?

— Loin de moi cette idée, je vous assure ! Mais je crois que je vais me resservir un whisky. J'en ai bien besoin.

Emily hocha la tête.

— En tout cas, lui dit-elle, je comprends mieux pourquoi ce rachat est un sujet si sensible pour vous. Si j'avais su, je me serais bien gardée d'ouvrir le dossier qui se trouvait sur votre bureau.

— Ne me dites pas que vous regrettez cette occasion unique de passer une soirée dans un bunker, un jour de cyclone ? plaisanta Pascha.

Emily n'aurait su quoi lui dire si elle avait vraiment dû répondre à cette question. Car loin de regretter sa présence ici, elle se sentait surtout très excitée à la perspective de la nuit qui les attendait.

Il lui semblait que tout était possible et son corps tout entier fourmillait d'une délicieuse impatience dont elle préférait ignorer la nature exacte.

— A propos de ce rachat, je ferais sans doute mieux de rappeler mes avocats, déclara alors Pascha.

— Allez-y, moi je vais prendre une douche. Je suis toujours couverte de sel. Je vous rejoindrai ensuite pour prendre ce dernier verre.

7.

Emily passa bien plus de temps sous la douche qu'elle ne l'avait escompté. Tout en se shampouinant, elle s'efforçait en effet d'arrêter une conduite à tenir pour le reste de la soirée.

Elle avait parfaitement conscience du fait que ce qui se passerait entre Pascha et elle ne dépendait que d'elle. Jamais il ne se permettrait le moindre geste déplacé. Pourtant, il lui semblait bien avoir décelé dans son regard une lueur de désir qui n'avait fait qu'aiguiser celui qu'elle-même éprouvait à son égard.

Or elle le voyait toujours comme l'ennemi de son père. Et en cédant à l'envie qu'elle avait de lui, elle aurait l'impression de trahir ce dernier. Plus elle y réfléchissait et plus elle se sentait tiraillée entre son sens du devoir et la fascination qu'elle éprouvait envers lui.

Lorsqu'elle sortit enfin de sa douche, elle n'était toujours pas parvenue à prendre une décision. Et elle se sentait plus troublée encore qu'auparavant. Parmi les affaires qu'elle avait emportées, elle choisit une robe noire qui n'était ni trop sexy ni trop sage. Puis elle regagna la pièce.

Pascha s'était installé sur le canapé et lisait tranquillement. En la voyant reparaître, il se leva et posa son livre sur la table basse. Elle remarqua alors que le titre qui s'étalait sur la couverture était inscrit en cyrillique.

— Qu'est-ce que vous lisez ?

— C'est une excellente question. Je ne suis pas sûr que

l'auteur le sache lui-même. Il semble osciller sans cesse entre le roman policier, l'histoire d'amour et d'interminables diatribes philosophiques…

— Est-ce que par hasard vous auriez aussi des romans en anglais ? lui demanda-t-elle.

Il jeta un coup d'œil en direction de la petite étagère sur laquelle étaient alignés quelques ouvrages.

— J'ai bien peur que non, répondit-il d'un air désolé. Je ne pensais pas recevoir ici une invitée venue d'Angleterre…

— Je ne suis pas précisément une invitée, objecta Emily.

— Tant que vous séjournerez ici, vous serez traitée comme telle, répondit-il d'un ton grave.

Elle s'abstint d'objecter que, contrairement à une invitée normale, elle n'était pas autorisée à repartir quand elle le désirait. Ils le savaient l'un comme l'autre et il ne servait à rien d'épiloguer sur ce point.

— Vous voulez toujours ce dernier verre ? lui proposa alors Pascha.

— Avec plaisir.

Il la resservit et ils trinquèrent en silence avant de prendre place respectivement sur le canapé et le fauteuil.

— Est-ce que vous avez réussi à joindre votre avocat ? s'enquit-elle pour dissiper le silence qui menaçait de s'éterniser.

— Oui, mais notre conversation n'a duré que quelques minutes avant que ma batterie rende l'âme. C'est vraiment très agaçant…

Emily ne put s'empêcher de rire.

— Qu'y a-t-il de si drôle ?

— Vous, répondit-elle. Vous ne devez pas avoir l'habitude que les choses échappent à votre contrôle.

— J'essaie généralement de l'éviter, concéda-t-il.

— Je l'avais déjà remarqué…

— J'imagine que c'est à cause de la maladie que j'ai

contractée, étant enfant. Je me suis promis que plus jamais je ne me sentirais aussi impuissant…

— De quoi souffriez-vous ?

— D'une leucémie.

Emily le contempla avec stupeur.

— J'ai bien failli en mourir, ajouta-t-il.

— Je suis désolée…

— C'était il y a longtemps.

— Et vous n'avez plus de problème, aujourd'hui ?

La question étonna Pascha. D'ordinaire, lorsqu'il mentionnait sa maladie, les gens étaient bien trop embarrassés pour l'interroger plus avant. Mais il aurait probablement dû se douter qu'Emily ne se laisserait pas déstabiliser aussi facilement.

— Je vais bien, lui assura-t-il.

Physiquement, du moins, c'était exact. En revanche, les cinq années de chimiothérapie qu'il avait subies l'avaient beaucoup affecté, altérant de façon irréversible son rapport au monde.

— Ça a dû être une période terrifiante pour vos parents, remarqua Emily. Je n'imagine même pas ce qu'une mère peut ressentir en un tel moment…

— Cela n'a été facile pour personne, reconnut Pascha.

Il se rappelait encore la façon dont sa mère paraissait avoir vieilli en l'espace de quelques années. Il se rappelait la douceur d'Andrei, sa patience et sa sollicitude. Il se souvenait aussi de Marat et de la cruauté dont il avait fait preuve.

« Tu ne vas pas faire de vieux os…

Pourquoi ne te décides-tu pas à crever une fois pour toutes, au lieu d'emmerder le monde ?

Sois réaliste : personne ne te regrettera, Pascha. Tu n'es qu'une sangsue… »

Des années plus tard, le souvenir de ces paroles lui faisait toujours aussi mal. Jusqu'alors, il n'avait jamais imaginé que quelqu'un puisse être fondamentalement mauvais. Mais Marat s'était fait un plaisir de lui prouver le contraire.

Il ne pouvait cependant raconter tout cela à Emily. Cela ne servirait à rien. De plus, il ne tenait pas du tout à ce qu'elle le prenne en pitié.

Il se contenta donc de la regarder siroter son verre de punch. Et une fois de plus, il se surprit à penser qu'elle était l'une des femmes les plus attirantes qu'il ait jamais rencontrées.

— J'imagine que cette situation doit vous être insupportable, remarqua-t-elle alors.

— Que voulez-vous dire ?

— Eh bien, au cours de ces derniers jours, un nombre incalculable de choses ont échappé à votre contrôle : mon intrusion dans votre bureau, le fait que je prenne connaissance de ce dossier, la panne du bateau de Luis, ce cyclone…

— C'est vrai, acquiesça Pascha. Et pour ne rien vous cacher, je suis moi-même très surpris de prendre les choses avec autant de décontraction.

En temps normal, cette accumulation de difficultés et de contretemps l'aurait probablement mis hors de lui. Mais en l'occurrence, il se sentait surtout heureux de pouvoir passer quelques heures en compagnie d'Emily.

Depuis combien de temps n'avait-il pas eu une conversation aussi détendue avec quelqu'un ? Il n'y avait entre eux aucun enjeu de pouvoir ou de séduction.

Alors même qu'il se faisait cette réflexion, il ne put s'empêcher de sourire de lui-même. Quel besoin Emily aurait-elle eu de le séduire alors qu'il était déjà irrémédiablement sous le charme ?

Plus il la regardait et plus il trouvait de nouvelles raisons de s'émerveiller. Tout en elle le fascinait : la délicatesse de ses traits, la façon dont elle repoussait ses cheveux du bout des doigts lorsqu'ils venaient lui chatouiller la joue, la délicate perfection de ses genoux, la finesse de ses poignets…

Il avala une nouvelle gorgée de whisky dans l'espoir que la brûlure de l'alcool engourdirait un peu le désir qui le consumait.

Emily était incapable de soutenir le regard de Pascha. Chaque fois que leurs yeux se rencontraient, elle sentait un langoureux frisson courir le long de son échine et se propager en elle.

Elle fixa donc la fenêtre en forme de hublot par laquelle on distinguait les arbres qui ployaient sous les assauts du vent. La pluie qui s'abattait sans discontinuer tombait presque à l'horizontale. Jamais il ne lui avait été donné d'assister à un déchaînement aussi brutal des éléments.

Par contraste, le calme et le silence qui régnaient dans leur abri paraissaient presque surnaturels.

— Vous avez froid ? lui demanda Pascha en la voyant frissonner.

Sans attendre sa réponse, il se leva pour aller chercher une couverture dans l'un des placards du refuge. De nouveau, elle s'étonna de la prévenance indéfectible dont il faisait preuve à son égard. Elle se drapa dans le plaid qu'il lui tendit et le remercia d'un sourire.

Lorsqu'il le lui rendit, elle sentit son cœur se serrer dans sa poitrine. Un nouvel élan de désir la saisit.

Combien de temps encore durerait cette tempête ? Elle semblait ne jamais devoir finir. Et plus le temps passait, plus il leur devenait difficile d'ignorer l'évidente alchimie qui existait entre eux.

L'atmosphère était chargée d'une tension presque

électrique, et Emily avait le sentiment que les choses pouvaient basculer à tout moment. Il lui suffirait d'un geste, d'un mot, pour que la réserve chevaleresque de Pascha cède la place à une passion qui les consumerait tous deux.

Le fait qu'il lui ait parlé de sa maladie n'avait fait qu'entamer un peu plus les derniers préjugés qu'elle conservait à son égard.

L'image de l'homme d'affaires arrogant et imbu de lui-même avait complètement disparu, laissant place à celle d'un homme blessé qui avait su transcender sa propre souffrance et qui s'était élevé à force de travail et de volonté.

La seule raison qu'elle avait de garder ses distances était le rôle qu'il avait joué dans la dépression de son père. Mais elle était de plus en plus persuadée qu'il avait agi en toute bonne foi, convaincu probablement d'œuvrer dans l'intérêt de son entreprise et de ses salariés.

— Il est tard, déclara-t-il soudain. Je doute que la tempête s'arrête de sitôt. Nous ferions sans doute mieux d'aller nous coucher.

— Vous avez raison, répondit-elle d'une voix légèrement étranglée.

— Vous pouvez prendre le lit. Je dormirai sur le canapé.

— Faisons plutôt le contraire. Vous êtes plus grand que moi. Et puis, j'aimerais continuer encore un peu à regarder la tempête.

Pascha hésita un instant avant d'admettre que c'était la meilleure solution.

— D'accord, lui dit-il. Bonne nuit, Emily.

— Bonne nuit, Pascha.

C'était la première fois qu'elle l'appelait par son prénom et ce détail ne lui échappa pas. Il se garda cependant de tout commentaire et, après lui avoir adressé un petit signe amical de la tête, il se dirigea vers le lit installé au fond de la pièce.

Elle demeura recroquevillée dans le fauteuil, les yeux résolument fixés sur la petite fenêtre.

Pascha se défit à la hâte de ses vêtements, ne gardant que son caleçon, avant de se glisser dans le lit confortable qui meublait le refuge.

Il s'efforça de faire abstraction de la présence d'Emily mais ne tarda pas à s'apercevoir que c'était parfaitement impossible. Le léger parfum que portait la jeune femme et les bruits infimes qu'elle faisait chaque fois qu'elle remuait sur le canapé ne cessaient de lui rappeler qu'elle se trouvait là, à quelques mètres de lui.

Et cette seule idée éveillait en lui un désir irrépressible. Jamais il n'avait eu à ce point envie de quelqu'un. C'était un besoin impérieux qui courait dans ses veines, faisait battre précipitamment son cœur et provoquait une érection si intense qu'elle en devenait douloureuse.

Il se mordit cruellement la lèvre, espérant que la souffrance lui offrirait un semblant de distraction. Mais le goût du sang qui envahit sa bouche ne fit que rendre plus amère encore la sensation de frustration qui l'étreignait.

Il se répéta qu'Emily était une voleuse qui s'était introduite sans le moindre état d'âme dans son bureau pour lui dérober des informations sensibles avant d'essayer de le faire chanter.

Mais cela ne servit à rien. Car il savait au fond de lui que ces actes désespérés n'avaient été motivés que par l'amour qu'elle portait à son père. Et il était vraiment très mal placé pour condamner une telle attitude.

Peut-être aurait-il mieux fait de la confier à Luis et Valeria. En dépit de ce qu'il lui avait dit, il était convaincu qu'ils l'auraient accueillie avec plaisir pour la nuit.

La vérité, c'est qu'il n'avait pas pu résister à la tentation de passer une soirée en sa compagnie. Qu'il le veuille ou non, Emily Richardson exerçait sur lui une fascination croissante. Et il commençait tout juste à prendre conscience du danger qu'elle représentait pour lui.

Réprimant un gémissement désespéré, il ferma les yeux et pria pour que le sommeil le submerge très vite.

8.

Pascha aurait juré qu'il ne s'était pas endormi. Le temps lui avait semblé s'étirer à l'infini tandis que son esprit ressassait la nature trouble de ses sentiments pour Emily et toutes les excellentes raisons qu'il avait de ne pas y songer.

Il avait pourtant dû s'assoupir car au bout d'un moment, il prit conscience du fait que la jeune femme avait disparu. Il n'aurait su dire comment il s'en était aperçu mais lorsqu'il se redressa brusquement sur son lit, ses yeux lui confirmèrent ce que son instinct venait de lui souffler.

Il n'y avait plus trace d'Emily sur le canapé et aucune lueur ne filtrait sous la porte de la salle de bains. Une terreur glacée s'insinua en lui et son cœur se mit à battre la chamade.

— Emily ? appela-t-il.

Sa voix résonna étrangement dans le refuge désert mais nul ne lui répondit. Sautant au bas de son lit, il enfila à la hâte son pantalon et alla vérifier par acquit de conscience que la salle de bains était bien vide. S'approchant alors de la porte de l'abri, il constata avec angoisse qu'elle était déverrouillée.

Une fois dehors, il constata avec une pointe de soulagement que l'intensité des rafales avait nettement diminué. Mais le ciel nocturne était encore encombré de lourds nuages d'orage.

Emily était assise sur le banc de béton qui se trouvait

juste devant le refuge, emmitouflée dans le plaid qu'il lui avait donné dans la soirée. La lumière qui filtrait de l'intérieur du refuge permit à Pascha de distinguer l'expression désolée qui se lisait sur son visage.

— Il est 3 heures du matin, remarqua-t-il d'une voix très douce en s'agenouillant auprès d'elle.

Elle hocha la tête et s'éclaircit la gorge avant de lui répondre.

— J'avais besoin de prendre l'air. Je rentrerai si le vent se lève de nouveau…

Pascha hocha la tête. Si elle tenait vraiment à passer la nuit dans le froid, c'était son droit le plus strict. Après tout, Emily n'était plus une enfant. Mais elle paraissait si seule et si perdue, en cet instant, qu'il ne put se résoudre à la laisser là.

Il prit donc place à son côté sur le banc, prenant soin néanmoins de ménager un espace entre eux. Elle ne sembla pas s'être aperçue de sa présence, gardant les yeux résolument fixés sur le petit bout de ciel dégagé.

— Lorsque j'étais petite, murmura-t-elle enfin, ma mère m'a dit que les étoiles dans le ciel étaient les âmes de nos ancêtres morts qui veillaient sur nous.

— C'est une très jolie croyance, déclara Pascha.

— J'aimerais tellement que ce soit vrai ! soupira-t-elle. J'aimerais savoir qu'elle est là-haut, quelque part, et qu'elle veille sur moi.

— Vous l'aimiez énormément, n'est-ce pas ?

Elle hocha la tête et une longue mèche de cheveux noirs retomba sur son visage. Elle ne prit pas la peine de l'écarter.

— C'était elle le pilier de notre famille. Nous nous reposions tous sur elle. Elle trouvait le temps de s'occuper de chacun d'entre nous. Elle était la seule à pouvoir communiquer avec mon père, même lorsqu'il était au plus bas. Elle prenait soin de James. C'est elle qui m'a appris à coudre et qui m'a encouragée lorsque je me suis mis en tête de devenir styliste…

— Quand est-elle morte ?

— Il y a trois mois.

Pascha ne put s'empêcher de sursauter. Car cela signifiait qu'il avait licencié Malcolm Richardson quelques semaines tout au plus après le décès de son épouse. Un nouvel accès de honte et de remords l'envahit. Pas étonnant qu'Emily le déteste !

Comme il se faisait cette réflexion, il la vit se pencher légèrement en avant et presser son visage contre ses paumes. Seul le léger tressaillement de ses épaules lui indiqua qu'elle était en train de pleurer. Et cette vision lui laboura le cœur.

Il posa une main sur son épaule. Elle frissonna et il crut qu'elle allait le repousser. Mais elle n'en fit rien et ils demeurèrent ainsi immobiles, tandis que le vent continuait à agiter violemment les branches des arbres.

Ne sachant que dire ou que faire pour atténuer la détresse de la jeune femme, Pascha caressa doucement ses longs cheveux noirs. Il ne s'était jamais senti aussi impuissant qu'en cet instant. Et son ventre était noué par une émotion qu'il se refusait à analyser.

— Elle me manque tellement ! murmura Emily au bout d'un moment.

Que pouvait-il bien répondre à cela ?

— Aucun d'entre nous ne s'attendait à ce que ce soit si rapide, ajouta-t-elle. Sept mois… C'est tout le temps que nous avons eu pour nous dire au revoir.

— C'est pour cela que vous avez dû vous absenter si souvent de votre travail, murmura Pascha.

Jusqu'alors, il avait pensé que c'était uniquement à cause de la dépression de son père.

— Je voulais être auprès d'elle, dit Emily. Il nous restait si peu de temps…

La voix d'Emily se brisa et elle se remit à sangloter.

C'était la première fois qu'elle se sentait perdre pied à ce point depuis la mort de sa mère. Jusqu'alors, elle avait été bien trop occupée à faire face : à l'enterrement, tout d'abord, puis au licenciement de son père et à la dépression qui s'était ensuivie…

Le fait qu'elle finisse par craquer n'avait rien de surprenant en soi. Mais pourquoi avait-il fallu que ce soit précisément ce soir, alors qu'elle se trouvait en compagnie de Pascha ?

Ce dernier continuait à caresser ses cheveux. C'était un geste très tendre, très doux, auquel elle ne se serait jamais attendue de sa part.

— J'aimerais vous poser une question, lui dit-il soudain.

Elle redressa légèrement la tête, le contemplant à travers le rideau de ses larmes.

— Votre mère savait-elle à quel point vous l'aimiez ?

Incapable d'articuler le moindre mot, Emily se contenta de hocher la tête.

— Alors vous avez eu assez de temps, lui dit-il gravement. Je sais que ce n'est pas ce que vous pensez. C'est normal. Tout le temps du monde ne suffit pas lorsque l'on aime quelqu'un… Mais si votre mère savait à quel point vous l'aimiez, je suis sûre qu'elle est morte heureuse.

Malgré le chagrin qui l'accablait en cet instant, Emily perçut toute la mélancolie qui perçait dans la voix de Pascha. De toute évidence, ce n'était pas seulement d'elle qu'il voulait parler.

— Vous pensez à votre père, n'est-ce pas ? lui demanda-t-elle.

Il hocha la tête.

— Je n'ai pas eu le temps de lui dire au revoir, déclara-t-il d'une voix que l'émotion rendait légèrement rauque. Je n'ai pas eu le temps de lui dire que je l'aimais…

— Je suis désolée.

Lorsqu'il se tourna vers elle, elle fut frappée par l'intensité de la souffrance qui se lisait dans ses yeux. Lui d'ordinaire si maître de lui laissait brusquement entrevoir les fantômes qui le hantaient.

Elle ne parvenait même pas à imaginer ce qu'il pouvait ressentir. La mort de sa mère avait été un moment atroce. Mais elle avait été là jusqu'au bout. Elle lui avait tenu la main. Et c'est entourée de toute sa famille que sa mère avait fermé les yeux pour la dernière fois.

Comment Pascha pouvait-il espérer faire le deuil d'une mort qu'il n'avait même pas vécue ?

Elle n'aurait su dire combien de temps ils demeurèrent ainsi, les yeux dans les yeux, avant que la tristesse et la compassion qu'elle ressentait ne fassent place à une émotion bien plus trouble.

Elle avait envie de lui.

Elle avait envie que le chagrin qui les accablait se fonde dans ce désir qu'ils avaient l'un de l'autre.

Dans les yeux de Pascha, elle vit alors s'éveiller un besoin pareil au sien. Et sans qu'elle sache qui avait pris l'initiative, elle se retrouva soudain entre ses bras.

Leurs bouches se trouvèrent, comme mues par une volonté propre. Leur baiser n'avait rien de chaste ou de timide. C'était l'émanation d'une pulsion irrésistible née de la nécessité d'affirmer le triomphe absolu de la vie face à la mort et à l'adversité.

Mais rapidement cet instinct vital se doubla d'une ardeur d'une autre nature. Emily sentit son corps tout entier s'embraser d'un seul coup. Jamais elle n'avait éprouvé quoi que ce soit de ce genre. L'intensité de sa réaction avait quelque chose de vertigineux.

Elle se raccrocha presque désespérément aux larges épaules de Pascha, se pressant contre son torse nu comme pour se fondre en lui. Et c'était bien ce qu'elle aurait voulu, en cet instant.

Comme en réponse à l'intensité de leur étreinte, un éclair zébra le ciel, suivi d'un grondement sourd et menaçant. Une pluie battante s'abattit sur eux tandis qu'ils continuaient de se dévorer de baisers passionnés.

Pascha ne comprenait pas ce qui lui arrivait.

Jamais il n'avait réagi de cette façon. L'ardeur qui l'habitait allait bien au-delà du simple désir. C'était quelque chose de plus primitif, de plus profond, qui résonnait en lui comme un appel auquel il ne pouvait espérer se soustraire.

Et tandis que la pluie ruisselait sur eux, il se redressa, soulevant Emily entre ses bras pour l'entraîner à l'intérieur du refuge. Claquant la porte du talon, il alla l'étendre sur le lit et se redressa, luttant de toutes ses forces contre l'envie qu'il avait de se jeter sur elle.

— Si tu ne veux pas que les choses aillent plus loin, dit-il d'une voix que l'envie qu'il avait d'elle rendait presque méconnaissable, dis-le-moi maintenant. Ensuite, je ne réponds plus de rien…

Emily se redressa sur un coude et il fut frappé par le mélange d'innocence et de sensualité qui émanait d'elle en cet instant. Elle était incontestablement la femme la plus désirable qu'il ait jamais rencontrée.

— Je te veux, lui dit-elle d'une voix très rauque.

Pascha ne put réprimer un petit gémissement de soulagement et d'impatience mêlés, et il s'agenouilla entre ses cuisses. Elle se redressa légèrement, le temps de se défaire de sa robe noire. Elle ne portait pas de soutien-gorge et Pascha demeura quelques instants immobile, fasciné par la vue de sa chair si pâle sur laquelle s'épanouissaient deux fleurs plus sombres.

— Je veux sentir tes mains sur moi, chuchota-t-elle.

Il ne se fit pas prier, se penchant vers elle pour prendre

l'un de ses seins au creux de sa main tandis que sa bouche venait se poser sur l'autre. Elle s'arqua pour mieux s'offrir à lui et poussa un petit gémissement inarticulé.

Le goût de sa peau était enivrant et, tandis qu'il agaçait son mamelon du bout de la langue, il dut batailler contre la tentation presque incoercible qui le tenaillait de la posséder sans plus attendre.

Mais elle méritait mieux que cela. S'écartant légèrement d'elle, il la contempla, haletant.

— Tu es si belle.

Les mots que Pascha venait de prononcer décuplèrent le désir qu'Emily avait de lui. Jamais elle n'aurait imaginé pouvoir un jour éprouver quoi que ce soit de ce genre.

Lorsque sa bouche s'était posée sur elle, elle avait eu l'impression que son corps tout entier se consumait de l'intérieur sous l'effet de cet incendie qui faisait rage en elle, semblant ne jamais devoir s'arrêter.

— Encore, soupira-t-elle. S'il te plaît…

Pascha ne se fit pas prier. Elle renversa la tête en arrière, se mordant la lèvre pour ne pas crier. Chaque effleurement de sa langue faisait courir sur sa peau un petit frisson d'extase. La pointe de ses seins était si dure à présent qu'elle en devenait presque douloureuse.

L'une de ses mains plongea dans les cheveux de Pascha, le pressant un peu plus contre elle. Il commença alors à descendre le long de son ventre qu'il constella de petits baisers qui attisèrent encore son trouble.

Elle souleva les hanches pour lui permettre de la débarrasser de sa culotte et il s'empara de ses cuisses, les écartant doucement pour révéler son sexe humide de désir.

Elle se redressa un instant et croisa son regard sauvage, presque fou, qui la transperça de part en part. Puis son visage s'abaissa vers elle et ses lèvres se posèrent entre ses cuisses.

Cette fois-ci, elle ne put retenir le cri de joie qui sortit de ses lèvres, résonnant comme une supplique dans l'air confiné du refuge. Il s'enhardit et elle succomba à la vague impétueuse qui la balaya, anéantissant son esprit sous l'effet d'un plaisir indicible.

Elle eut l'impression de perdre connaissance, mais lorsqu'elle reprit vaguement conscience d'elle-même et de l'endroit où elle se trouvait, Pascha avait déjà repris ses caresses, se faisant plus audacieux encore. Elle se laissa emporter à plusieurs reprises, toujours un peu plus loin, jusqu'à un point où le désir confinait à la folie.

— Je t'en prie, balbutia-t-elle, je veux te sentir en moi…

Pascha lui obéit sans hésiter, remontant le long de son corps pour capturer sa bouche en un langoureux baiser. Et sans cesser de l'embrasser, il se débarrassa de son pantalon et de son caleçon.

Incapable de résister à la curiosité, elle s'arracha à ses lèvres pour contempler le corps dénudé de son amant. Il était magnifique. Dans la pénombre du refuge, les muscles saillants de ses bras et sa carrure athlétique étaient terriblement érotiques.

Elle laissa courir ses mains sur son torse et eut la satisfaction de le voir frémir à ce contact. Puis elle s'empara de son membre dressé, si dur et si doux à la fois, qu'elle caressa doucement, lui arrachant un petit halètement.

Il ferma les yeux et s'abandonna l'espace de quelques instants. Jamais elle n'avait éprouvé un tel sentiment de désir et de puissance qu'en cet instant précis où elle le tenait entièrement à sa merci.

— Arrête, la supplia-t-il enfin.

Comprenant qu'il était sur le point de succomber au plaisir qu'elle lui procurait, elle le relâcha, lui laissant le temps de recouvrer un semblant de self-control. Lorsqu'il s'écarta d'elle, elle ne put retenir un petit gémissement de frustration qui le fit sourire.

De son portefeuille, il tira un préservatif qu'il sortit de son enveloppe protectrice pour l'enfiler. Elle en profita pour le regarder faire sans chercher à dissimuler la fascination qu'elle éprouvait à son égard. Ils étaient bien au-delà de toute fausse pudeur, à présent.

Lorsqu'il eut terminé, ils échangèrent un nouveau baiser, plus torride encore que les précédents. Mais déjà leurs corps se cherchaient sans même qu'ils en aient conscience. Lorsqu'elle sentit son sexe se presser doucement contre le sien, elle s'ouvrit pour l'accueillir en elle.

Elle le désirait si intensément qu'il la pénétra sans effort. Et bien qu'elle n'ait plus fait l'amour depuis longtemps, elle n'éprouva aucun sentiment d'inconfort, juste un accès de plaisir indicible qui monta en elle comme une lame de fond, partant de son ventre pour se propager à l'ensemble de son être.

Et lorsqu'il commença à aller et venir en elle, elle laissa échapper un cri de pur bonheur qui se mêla au grondement sourd de Pascha. Sans la moindre hésitation, ils trouvèrent leur rythme comme s'ils se connaissaient depuis toujours. Chacun d'entre eux paraissait pressentir les besoins de l'autre.

Emily agrippa les épaules de son amant, nouant les jambes autour de sa taille pour le laisser entrer plus loin encore. Il s'enfonça tout au fond d'elle et demeura là quelques instants. Enlacés, immobiles, ils se dévoraient des yeux, incapables de se rassasier l'un de l'autre.

Puis il recommença à bouger et elle eut l'impression que le monde entier se disloquait autour d'elle. Plus rien n'existait en dehors de cette union totale de leurs corps et de leurs esprits. Ils ne faisaient plus qu'un seul être.

Et tandis qu'ils atteignaient ensemble le point culminant de cette étreinte et qu'un plaisir à nul autre pareil déferlait en eux, Emily se prit à songer que désormais plus rien ne serait jamais comme avant.

9.

Lorsque Emily ouvrit les yeux, le matin, la tempête avait enfin cessé et les rayons du soleil filtraient par la fenêtre en forme de hublot, illuminant la pièce dans laquelle elle se trouvait.

Se redressant sur un coude, elle s'aperçut que Pascha n'était plus à son côté. Jetant un coup d'œil à sa montre, elle constata qu'il était tout juste 8 heures du matin. En d'autres circonstances, elle se serait peut-être rallongée pour prolonger sa courte nuit d'une heure ou deux.

Mais trop de questions se bousculaient dans son esprit et exigeaient des réponses. Où se trouvait Pascha ? Qu'avait-il pensé de ce qui s'était passé cette nuit ? Cela changerait-il la nature de leurs relations ? Et si tel était le cas, comment envisageait-il leur avenir proche ?

Ecartant ces interrogations, elle commença par aller prendre une douche. Et tandis qu'elle se savonnait, le contact de ses mains sur son corps lui rappela irrésistiblement celui des doigts et de la bouche de Pascha.

Cette simple pensée suffit à raviver le désir qu'elle avait eu de lui. Il éclata en elle, plus distinctement encore que la veille, peut-être parce qu'elle savait maintenant tout le plaisir qu'il pouvait lui offrir.

Elle s'efforça cependant de dominer l'émotion qui s'était emparée d'elle. Il était parfaitement possible que Pascha considère ce qui s'était passé comme une erreur, un moment d'égarement qui resterait sans lendemain.

Se préparant à une telle éventualité, elle enfila un maillot de bain noir par-dessus lequel elle passa un sarong vert émeraude.

En sortant, elle découvrit avec effroi les conséquences de la tempête qui avait fait rage cette nuit. Plusieurs arbres étaient tombés et la clairière était jonchée de feuilles et de branches arrachées.

La violence des éléments fit naître un frisson d'effroi rétrospectif le long de son dos. Elle comprenait mieux à présent pourquoi Pascha avait insisté pour qu'ils viennent se réfugier ici. Car si le refuge était intact, elle doutait fort que la maison principale ait eu cette chance.

Elle espéra que les dégâts n'étaient pas trop importants. Pas uniquement parce qu'elle devait passer encore quelques jours ici, mais aussi parce qu'elle s'était attachée malgré elle à ce havre de paix et de sérénité.

Alors même qu'elle se faisait cette réflexion, un bruit de pas se fit entendre derrière elle. Se retournant pour faire face à Pascha qui venait d'émerger de la forêt, elle sentit les battements de son cœur s'accélérer dans sa poitrine.

A la lumière du jour, il lui parut plus séduisant encore et elle se demanda ce que quelqu'un comme lui avait bien pu voir en elle. Par comparaison, elle se faisait l'effet d'être bien terne et insignifiante.

— Alors ? lui demanda-t-elle d'un ton qui se voulait calme et posé. Quelle est l'étendue des dégâts ?

— Je ne suis pas encore allé jusqu'à la maison, répondit-il. Je préférais attendre que tu te sois réveillée pour ne pas que tu t'inquiètes…

Cette nouvelle marque de gentillesse lui alla droit au cœur et elle comprit que, quoi qu'il puisse advenir de leur relation, elle ne regretterait jamais ce qui s'était passé entre eux cette nuit.

Pascha observa pensivement le visage d'Emily.

Lorsqu'il s'était réveillé à son côté, ce matin, il était demeuré longuement immobile à la contempler, fasciné par la beauté qui émanait d'elle et dont elle ne paraissait même pas avoir conscience.

C'était une forme d'éclat, une lumière intérieure qui transparaissait à travers elle, lui conférant une grâce à nulle autre pareille. Mais il avait découvert cette nuit qu'elle possédait aussi une sensualité incandescente dont le seul souvenir suffisait à réveiller son désir.

Il se rappelait le goût enivrant de ses lèvres, la douceur de sa peau, l'érotisme irrésistible de ses soupirs et de ses cris de plaisir… En cet instant même, il aurait voulu l'entraîner à l'intérieur et l'étendre sur le lit pour lui faire l'amour.

Il voulait la posséder et se faire posséder, se perdre en elle et retrouver la sensation qu'il avait eue de ne faire qu'un avec Emily.

Sans doute aurait-il cédé à cette envie s'il ne s'était pas senti aussi coupable. S'il avait su que l'épouse de Malcolm Richardson était morte quelques semaines avant que cet argent disparaisse, il aurait géré la situation bien différemment.

D'ailleurs, même sans cela, il n'aurait pas dû le suspendre de façon aussi sommaire. Il aurait dû lui laisser une chance de s'expliquer. Mais, sur le moment, il était tellement absorbé par le rachat de Plushenko qu'il n'avait pas pris le temps de s'intéresser aux détails de cette affaire.

Maintenant qu'il avait pris un peu de recul, il comprenait nettement mieux la réaction d'Emily. Si Andrei avait été ainsi injustement mis en cause, Pascha n'aurait reculé devant rien pour démontrer son innocence.

— Je suis vraiment désolé, murmura-t-il.

— Il n'y a pas de quoi. J'étais parfaitement consentante et je ne regrette pas ce qui s'est passé…

Il lui fallut quelques instants pour comprendre ce qu'elle voulait dire. Il secoua la tête en souriant.

— Je ne voulais pas parler de cela, assura-t-il. C'est à ton père que je pensais : j'aurais dû me renseigner à son sujet. Si j'avais su qu'il venait de perdre sa femme, je n'aurais probablement pas été aussi dur avec lui…

Emily hocha la tête.

— Si c'est vraiment ce que tu penses, je te demande une faveur. Je sais que tu m'as promis d'annuler les mesures que tu avais prises à son encontre. Mais j'aimerais que tu parviennes à l'innocenter complètement. Je t'assure que mon père n'aurait jamais détourné cet argent. Ce n'est tout simplement pas dans sa nature.

— D'accord, acquiesça-t-il. Je te promets que dès que j'aurai conclu le rachat de Plushenko je ferai de cette affaire ma priorité absolue. Si ton père n'est pas responsable, je découvrirai qui l'est.

— Merci, lui dit-elle d'une voix émue. Je vais aller chercher mes affaires pour que nous puissions rentrer à la villa.

Plus ils progressaient le long du sentier qui serpentait à travers bois et plus les dégâts causés par le passage du cyclone devenaient apparents. Ils durent contourner de nombreux arbres qui avaient été abattus et leur barraient la route.

A certains endroits, le chemin ressemblait plus à une rivière de vase mêlée de feuilles. Pascha prit la main d'Emily pour éviter qu'elle ne dérape.

Lorsqu'ils atteignirent enfin la maison, ils étaient maculés de boue des pieds à la tête. Le spectacle de désolation qui les attendait leur fendit le cœur.

Le bâtiment principal n'avait été que peu touché, en dehors d'une porte-fenêtre brisée par une branche. En revanche, plusieurs chambres avaient été endommagées. L'une d'elles avait perdu la moitié de son toit tandis qu'une autre avait été en partie détruite par la chute d'un arbre. Par chance, celle qu'occupait Emily était intacte.

Mais ce qui accabla le plus Pascha lorsqu'il découvrit cette scène, ce fut la vue de son bateau qui avait été drossé contre le rivage et s'était échoué sur la plage. Il reposait sur le flanc, tel un animal blessé.

— Ce n'est pas possible…, murmura-t-il.

Ce nouveau désastre risquait de le retarder encore. Or plus il perdait de temps, plus Marat risquait de découvrir qui se cachait derrière l'offre de rachat qui lui avait été adressée.

Jusqu'à présent, il s'était laissé aveugler par la somme fabuleuse qui lui était proposée. Mais ses avocats se montreraient peut-être un peu plus curieux que lui. Et s'il était très difficile d'établir un lien entre RG Holding et lui, ce n'était pas totalement impossible.

Pascha alla s'entretenir avec Luis qui avait déjà inspecté l'épave. Lorsqu'il eut terminé, Emily se rapprocha de lui.

— Alors ? lui demanda-t-elle.

— Le bateau prend l'eau, expliqua-t-il. Et sans l'équipement nécessaire, il n'y a rien que nous puissions faire contre cela. Or nous ne sommes probablement pas les seuls à avoir été touchés par la tempête. Rien ne dit qu'on nous enverra quelqu'un rapidement…

— Que vas-tu faire ?

— J'ai demandé à Luis de joindre ses contacts sur l'île principale.

Ce dernier raccrocha alors son téléphone portable et le glissa dans la poche arrière de son jean.

— Quelles nouvelles ? s'enquit Pascha.

— Ils ne pourront pas nous envoyer un bateau avant au moins deux jours. D'autres îles ont été beaucoup plus touchées que nous, et pour le moment, tous les navires sont affectés au transport des blessés vers les hôpitaux de San Juan.

Pascha hocha la tête. Au moins, eux-mêmes n'avaient à déplorer aucune victime. Et au fond, c'était cela le plus important.

Pour la première fois, il se prit à regretter la décision qu'il avait prise de ne pas installer d'héliport sur l'île. Il avait estimé qu'une telle infrastructure dénaturerait le paysage. Mais en de telles circonstances, elle aurait pu se révéler précieuse, aussi bien pour son usage personnel que pour venir en aide aux habitants de l'archipel.

— Puis-je faire quoi que ce soit pour me rendre utile ? lui demanda Emily.

— Demande à Valeria si elle a besoin d'aide.

Il songea alors que la jeune femme voudrait peut-être avoir des nouvelles de sa famille.

— Avant cela, nous devrions vérifier que je n'ai pas de messages importants pour toi ou pour moi.

Emily hocha la tête et lui emboîta le pas. Ils gagnèrent son bungalow qui faisait partie de ceux qui n'avaient pas été trop touchés par le cyclone.

Lorsqu'ils se retrouvèrent seuls à l'intérieur, Pascha prit une profonde inspiration, s'efforçant de dominer la frustration et la colère qui bouillonnaient en lui. Tout ceci n'était la faute de personne. C'était un cas de force majeure, un coup du sort aussi malheureux qu'imprévisible.

Après avoir branché et rallumé son téléphone, Pascha consulta sa messagerie. Il avait apparemment manqué six appels : deux de son avocat, un de son assistante personnelle et trois de James. Il commença par les messages qu'avait laissés ce dernier.

— Alors ? lui demanda Emily, qui luttait visiblement pour contenir sa nervosité.

— J'ai trois messages de James, répondit-il en souriant. Le premier pour demander comment marche la machine à laver la vaisselle, le second pour savoir si l'on peut réchauffer une pizza au four à micro-ondes et le dernier pour demander où se trouve le fer à repasser…

Emily parut se détendre.

— Nous savons au moins qu'ils sont vivants, déclara-t-elle.

— A moins que ton frère n'ait empoisonné ton père avec sa cuisine.

— Aucune chance, lui assura Emily avec un pâle sourire. Mon père ne mange quasiment plus rien.

Pascha fronça les sourcils. Malgré le ton léger qu'elle venait d'employer, il sentait qu'il ne s'agissait pas uniquement d'une plaisanterie.

— Il ne s'alimente plus ?

— Plus beaucoup. A vrai dire, tout ce qu'il fait, ces derniers temps, c'est dormir. D'habitude, ça lui fait du bien…

— D'habitude ? répéta Pascha en haussant un sourcil interrogateur.

— Ce n'est pas la première fois qu'il traverse une crise de ce genre. Mais jamais ça n'a été aussi profond…

La culpabilité qu'éprouvait Pascha ne fit que croître.

— Je suis désolé, lui dit-il. Penses-tu que ton frère soit vraiment capable de s'occuper de lui ?

— Tout ce qu'il a à faire, en réalité, c'est veiller à ce que papa prenne bien ses médicaments.

— Est-ce que James a toujours été aussi peu débrouillard ?

— C'est à cause de ma mère, soupira Emily. Elle s'occupait toujours de tout pour lui. Même lorsqu'il a quitté la maison, elle continuait à laver son linge et à le repasser. Je te jure que si j'ai un fils, un jour, je lui apprendrai à être indépendant !

Pascha se força à répondre à son sourire. C'était la première fois qu'elle évoquait l'envie d'avoir des enfants.

Cela n'aurait pourtant pas dû le surprendre : la plupart des femmes rêvaient d'avoir une famille.

— C'est peut-être seulement parce qu'il est le petit dernier, remarqua-t-il. J'ai entendu dire que c'était un rôle que beaucoup de gens continuaient de jouer, même parvenus à l'âge adulte…

Ce n'était pourtant pas son cas. Marat y avait veillé.

A vrai dire, Pascha avait plutôt l'impression d'avoir été un enfant unique.

— Le seul problème, remarqua Emily en riant, c'est que ce n'est pas James, le petit dernier, mais moi. Il a trois ans de plus.

— Vraiment ? s'étonna Pascha.

Rien de ce qu'il avait pu voir de leurs relations ne lui aurait permis d'imaginer une chose pareille.

— Comment se fait-il que ce soit toi qui t'occupes de ton père, dans ce cas ?

— C'est une responsabilité partagée, objecta-t-elle.

— Mais c'est tout de même toi qui es revenue vivre chez lui.

— Je pouvais me le permettre, répondit Emily en haussant les épaules. Je vivais dans la même ville et j'étais célibataire…

— Pas ton frère ?

Elle fronça les sourcils.

— Pourquoi essaies-tu de me monter contre mon frère ?

— Ce n'est pas cela ! protesta-t-il. J'essaie juste de comprendre pourquoi tu te sacrifies alors qu'il se la coule douce…

— Comment peux-tu porter un tel jugement ? s'exclama-t-elle, blessée par sa remarque. Tu n'as pas la moindre idée de ce que nous avons vécu !

Sur ce, elle tourna brusquement les talons et quitta son bungalow, le laissant seul.

10.

Emily s'était installée en tailleur sur son lit et cousait patiemment des rangées de sequins sur le tissu de la robe qu'elle avait dessinée l'avant-veille, juste avant que la tempête s'abattre sur eux.

Et tout en cousant, elle repensait à la toute première robe qu'elle avait confectionnée, alors qu'elle n'avait que sept ans. Sa mère avait fait le plus gros du travail, bien sûr. Mais elle avait laissé Emily décorer le vêtement à l'aide de petits boutons choisis dans la boîte à couture familiale.

Emily en avait attaché plusieurs dizaines qui cliquetaient doucement chaque fois qu'elle portait ce vêtement à nul autre pareil. Elle l'avait mis aussi souvent que possible, l'usant jusqu'à la trame et perdant régulièrement des boutons qu'elle remplaçait par de nouveaux.

Ce qu'elle adorait le plus, dans cette robe, c'était le souvenir des heures qu'elle avait passées auprès de sa mère pour la réaliser.

Ce jour-là, elle avait un peu l'impression de retrouver la sensation qu'elle avait éprouvée à l'époque. Peut-être parce que, contrairement à ses habitudes, elle avait choisi un tissu très coloré, comme ceux que sa mère affectionnait autrefois.

Depuis qu'elle travaillait pour Hugo, elle avait calqué son propre style sur celui du créateur, adoptant son goût pour les couleurs sombres et les coupes exubérantes.

Chez lui, tout n'était que guipures et dentelles noires, corsets sexy et crinolines.

Sa vision était celle d'un XIXe siècle gothique et ténébreux mâtiné d'accessoires postmodernes inspirés de l'univers fétichiste. Et Emily avait parfaitement intégré ces codes, jusqu'à en oublier ses propres goûts en matière de mode.

A présent, elle cherchait juste à retrouver son inspiration première. Elle voulait quelque chose de bohème, de gai et de coloré, qui évoquerait une forme de liberté à la fois rebelle et tendre, une originalité assumée, dénuée de toute provocation outrancière.

Ce serait une robe pour les femmes qui n'avaient pas peur d'assumer leur différence sans chercher à l'imposer aux autres…

Comme elle se faisait ces réflexions, Pascha frappa doucement contre l'encadrement de la porte-fenêtre qu'elle avait laissée grande ouverte.

Elle ne l'avait quasiment pas revu depuis qu'ils étaient ressortis du refuge où ils avaient passé la nuit ensemble. La veille, Emily avait passé toute la journée à travailler d'arrache-pied aux côtés de Valeria. Et lorsqu'elle était rentrée dans sa chambre, elle s'était effondrée sur son lit, ivre de fatigue.

— Bonjour, lui dit-il.

Elle répondit par un signe de la tête avant de se pencher de nouveau sur son ouvrage.

— Je suis venu te prévenir que ton frère a encore téléphoné, lui dit-il. Cette fois, il voulait te dire que ton père s'était levé, aujourd'hui.

Elle lui jeta un regard passablement ébahi.

— C'est une blague ?

— Pas du tout. C'est ce qu'il a dit.

Pascha s'avança dans la chambre tandis qu'Emily réfléchissait à cette nouvelle inattendue. En théorie, un tel progrès aurait dû lui paraître très encourageant et l'emplir de joie. Mais au lieu de cela, elle se sentait étrangement découragée, comme vidée de toute émotion.

— Pourquoi ne m'as-tu pas dit que ton père avait tenté de se supprimer ? lui demanda alors Pascha, la faisant violemment sursauter.

L'aiguille qu'elle tenait pénétra dans sa chair, lui arrachant un petit gémissement de douleur.

— Est-ce que ça va ? s'enquit Pascha, inquiet.

Elle hocha la tête. Mais en son for intérieur, elle était folle de rage. Comment James avait-il pu trahir la promesse tacite qu'ils s'étaient faite de ne parler à personne de la tentative de suicide de leur père ?

C'était un secret de famille qui ne regardait personne en dehors d'eux.

— Dois-je déduire de ton expression horrifiée que je n'étais pas censé le découvrir ?

— Je suis furieuse qu'il te l'ait dit ! s'exclama-t-elle.

A quoi aurait-il servi de le nier ?

— Pourquoi ? Tu as honte de son geste ?

— Bien sûr que non ! protesta-t-elle. Mais lorsque mon père ira mieux, c'est lui qui aura honte que cela se soit su.

— Est-ce qu'il avait déjà fait une chose pareille ?

— Qu'est-ce que cela peut bien faire ?

— Je sais qu'il n'est pas facile pour toi d'en parler mais il faut que je sache : qu'est-ce qui l'a poussé à commettre un tel acte ?

— James ne te l'a pas dit ?

— Non. A vrai dire, il ne m'a pas dit textuellement que ton père avait cherché à attenter à sa vie. Il a juste mentionné le fait qu'il allait pouvoir arrêter de surveiller l'armoire à pharmacie.

— Je vois, murmura Emily.

Apparemment, James avait fait preuve de négligence plus que d'indélicatesse. C'était une piètre consolation mais elle lui donnait un peu moins l'impression d'avoir été trahie.

— Je me doutais déjà que quelque chose de grave s'était produit, reprit Pascha. James n'a fait que confirmer mes soupçons. Mais dis-moi : quand est-ce arrivé, exactement ?

— Le jour où il a été licencié pour faute grave, soupira-t-elle. Deux mois après la mort de ma mère…

Voyant Pascha pâlir, elle se sentit un peu coupable de lui avoir assené une telle révélation de façon aussi directe.

— Il était déjà très déprimé avant que tu le renvoies, ajouta-t-elle pour tenter d'atténuer l'effet de sa réponse. Je ne te mentirai pas : ta décision est probablement ce qui l'a poussé à bout. C'est d'ailleurs pour cela que je te détestais tant. Mais tu n'es pas vraiment responsable de son geste. N'importe quelle mauvaise nouvelle aurait provoqué la même réaction de sa part…

Elle soupira.

— James et moi en avions même discuté, reprit-elle. Nous avions essayé de l'arracher à ses idées noires mais rien n'y faisait. Nous ne parvenions plus à l'atteindre. La seule personne qui pouvait le faire, dans ces cas-là, c'était ma mère…

La douleur que Pascha percevait dans la voix d'Emily était si déchirante qu'il sentit son cœur se serrer dans sa poitrine. Dans les yeux de la jeune femme, il pouvait voir briller les larmes qu'elle ne retenait qu'à grand-peine.

— Est-ce que ces périodes de dépression durent longtemps ? lui demanda-t-il.

— Parfois quelques jours, le plus souvent quelques semaines. Ce peut être plus ou moins intense. Parfois, il se sent en pleine forme pendant plusieurs mois d'affilée et nous en venons presque à croire qu'il a définitivement vaincu ses démons. Mais il finit toujours par sombrer de nouveau. J'ai mis longtemps à admettre que ce n'était pas sa faute, qu'il n'avait pas plus prise sur cette maladie que ma mère sur le cancer qui a fini par l'emporter…

Pascha se demanda ce que lui-même aurait pensé si, autrefois, il avait vu son père succomber à de telles crises. Serait-il vraiment parvenu à faire la part des choses ? Il n'aurait su le dire.

Lui-même était bien placé pour savoir à quel point la maladie pouvait bouleverser les rapports entre les gens. La souffrance, la pitié et parfois même la rancœur les modifiaient en profondeur, créant de nouveaux équilibres qui n'étaient pas toujours très sains.

Il passa en revue les psychiatres qu'il lui avait été donné de rencontrer, se demandant lequel serait le plus indiqué pour venir en aide à Malcolm Richardson. Il était prêt à payer le meilleur spécialiste si cela pouvait donner à ce dernier une chance de se remettre rapidement.

Ce serait une façon pour lui de se faire pardonner le rôle qu'il avait joué dans la tragédie vécue par Emily et sa famille. Il aurait voulu pouvoir lui offrir plus mais il ne pensait pas en être capable.

Au cours de la journée précédente, il n'avait cessé de penser à ce qui s'était produit entre eux, pendant la tempête. Et il avait fini par conclure qu'il valait sans doute mieux pour elle comme pour lui que les choses en restent là.

Il ne pouvait lui offrir ce dont elle rêvait. Et il ne voulait pas qu'elle finisse par lui en vouloir comme l'avait fait Yana…

Comme il se faisait ces réflexions, son téléphone se mit à sonner. Jetant un coup d'œil en direction de l'écran, il constata qu'il s'agissait de son avocat.

— Zlatan, je te rappelle tout de suite, lui dit-il avant de raccrocher. Il faut absolument que je passe cet appel, ajouta-t-il à l'intention d'Emily. Qu'as-tu prévu de faire, aujourd'hui ?

— Je vais essayer de finir cette robe, répondit-elle en désignant le tissu posé sur ses genoux. Ensuite, je pensais retourner à la cascade.

— Je te rejoins dans un quart d'heure, lui promit Pascha. Nous irons là-bas ensemble...

Il quitta la chambre d'Emily pour se diriger vers son propre bungalow.

En réalité, Emily ne tarda pas à s'apercevoir qu'elle était incapable de poursuivre la confection de sa robe. La conversation qu'elle venait d'avoir avec Pascha avait eu raison de son inspiration.

Elle ne cessait de réfléchir aux conséquences que pourrait avoir le fait qu'il ait appris la tentative de suicide de son père.

Renonçant à poursuivre son œuvre, elle jeta un coup d'œil à sa montre et constata que plus d'une demi-heure s'était écoulée depuis que Pascha était passé la voir.

Après réflexion, elle finit par rassembler les affaires dont elle aurait besoin et se mit en marche pour gagner la cascade. Tout en progressant à travers bois, elle réfléchit à sa situation actuelle.

Au moins, l'état de son père paraissait s'améliorer. La période de prostration qui venait de s'achever marquait généralement le point culminant de ses dépressions. Ensuite, il recouvrait l'appétit et un certain goût de vivre.

Le fait qu'il se soit enfin décidé à quitter son lit était très encourageant. Il prouvait que son père avait désormais la volonté de se reprendre en main. Et cette seule idée emplissait Emily d'un profond soulagement. Car elle avait réellement craint de le perdre à jamais.

Mais ce soulagement se doublait d'une émotion nettement moins avouable. Elle se sentait à la fois jalouse et un peu humiliée. Au cours des semaines qu'elle avait passées auprès de son père, elle avait été incapable de lui rendre le courage de vivre. Et voilà que son frère y était parvenu en l'espace de quelques jours.

Elle avait un peu honte de penser cela. Après tout, l'essentiel était que son père aille mieux. Le reste n'avait aucune importance. Mais c'était plus fort qu'elle. Elle avait abandonné tant de choses, mettant littéralement sa vie entre parenthèses. Et pour quoi ?

De cette frustration naquit cependant l'embryon d'une décision qui ne fit que se renforcer à mesure qu'elle avançait. Il était temps pour elle de reprendre le cours de son existence, de penser un peu plus à elle. Et elle savait précisément par où elle allait commencer.

En arrivant près de la cascade, elle déposa son sac à dos sur le sol, ôta ses vêtements et ses chaussures et s'approcha du bord de la falaise. Un irrépressible sentiment d'exaltation bourdonnait en elle, faisant battre son cœur à tout rompre. Le grondement de la chute d'eau résonnait, l'envahissant tout entière.

Elle songea alors à Pascha et à la réaction qu'il aurait eue s'il avait su ce qu'elle s'apprêtait à faire. Cette idée fit naître sur ses lèvres un sourire malicieux. N'en déplaise à M. Virshilas, elle était bien décidée à plonger, cette fois…

Après avoir pris une profonde inspiration, elle s'élança en avant. En quelques foulées, elle couvrit la distance qui la séparait de la falaise et sauta. Le mélange de terreur, d'excitation, et de pur plaisir était grisant.

L'espace de quelques instants, elle eut vraiment l'impression qu'elle volait. Puis ses pieds transpercèrent la surface de la mer et elle s'enfonça tout droit dans l'eau bouillonnante.

Lorsque Pascha revint à la chambre d'Emily, celle-ci avait disparu. Sa conversation avec Zlatan avait duré bien plus longtemps que prévu et sans doute s'était-elle lassée de l'attendre.

Il se dirigea donc vers la chute d'eau, redoutant obscurément qu'elle ait mis à exécution l'idée qu'elle avait évoquée la fois précédente.

Et il ne tarda pas à s'apercevoir qu'il ne s'était pas trompé. Les vêtements de la jeune femme étaient posés pêle-mêle sur une grosse pierre plate près de son sac à dos. S'approchant précautionneusement du bord, il jeta un coup d'œil en contrebas et aperçut la silhouette d'Emily à travers le rideau de la cascade.

Elle s'amusait à plonger dans les vagues causées par le reflux des eaux. Il demeura immobile, fasciné par l'impression de bonheur et de liberté qui émanait d'elle en cet instant. Par comparaison, il se sentait banal et ennuyeux.

Elle refit soudain surface et leva les yeux vers lui, comme si elle avait senti sa présence. Ce qu'elle lui cria fut noyé par le bruit de la cascade. Il secoua la tête pour lui faire comprendre qu'il n'avait pas entendu. Elle lui adressa alors un signe de la main pour l'inviter à la rejoindre.

Pascha hésita. Comme il l'avait expliqué à Emily, il n'était pas dans ses habitudes d'agir de façon inconsidérée. Depuis qu'il avait frôlé la mort, étant enfant, il s'était juré de ne plus jamais prendre de risques inutiles.

C'était la raison pour laquelle il n'était pas revenu vers elle, la veille au soir. Au prix d'un fabuleux effort de volonté, il avait résisté à la tentation de la rejoindre dans sa chambre. Pendant près d'une heure, il s'était retourné dans son lit, luttant contre la frustration et le désir qui faisaient le siège de son esprit.

Mais il était suffisamment honnête vis-à-vis de lui-même pour savoir que s'il passait une nouvelle nuit avec Emily, il lui serait encore plus difficile de lutter contre les sentiments qu'elle lui inspirait.

Elle le contemplait à présent d'un air de défi, attendant de voir s'il se déciderait à la rejoindre ou s'il flancherait. Il aurait probablement dû chercher une façon de descendre jusqu'à elle pour la rejoindre sans se rompre le cou. Mais son corps le trahissait : il le sentait vibrer d'une impatience à peine contenue.

La folie d'Emily devait être contagieuse car il finit par céder à cette envie et se défit de ses vêtements, ne gardant que son caleçon. Il prit alors son élan et bondit dans les airs par-dessus la falaise, directement dans le vide.

La sensation dépassait tout ce qu'il aurait pu imaginer. Emily ne lui avait pas menti : il avait réellement l'impression de voler. Et le cri qui lui échappa trahissait une joie sauvage et puissante. Cela faisait très longtemps qu'il n'avait pas éprouvé une telle exaltation.

Puis il plongea brusquement dans la mer dans laquelle il eut l'impression d'être absorbé. Il s'enfonça sous la surface. Réprimant un bref accès de panique, il se força à attendre que l'eau freine sa descente pour commencer à nager vers le haut.

Lorsqu'il émergea à la lumière du soleil, il fut accueilli par un éclat de rire ravi d'Emily.

— Tu l'as fait ! s'exclama-t-elle. Tu as réussi !

Se tournant vers elle, il fut frappé de plein fouet par l'éclat de son sourire. La joie qui émanait d'elle en cet instant était terriblement communicative. Elle balaya d'un seul coup la retenue qu'il s'était imposée jusqu'alors.

Cédant à la tentation, il couvrit la distance qui le séparait d'Emily. Là où elle se trouvait, ils avaient pied et il put la prendre dans ses bras. Elle ne chercha pas à se dégager, se contentant de lui lancer un regard empli d'étonnement et de désir mêlés.

Il sentait sa poitrine se dresser à travers le maillot de bain qu'elle portait. Et le contact de ses cuisses contre les siennes ne faisait qu'aviver l'envie impérieuse qu'il avait d'elle. Incapable d'y résister plus longtemps, il posa les lèvres sur celles d'Emily.

Elle se raidit un instant sous l'effet de la surprise. Mais cette hésitation fut de courte durée et elle lui rendit alors son baiser avec une passion en une ardeur qui le prirent de court.

Une fois de plus, il fut frappé par l'intensité de leur étreinte. Lorsqu'ils avaient fait l'amour, la première fois, il avait mis cette étrange réaction sur le compte de la tempête et de la frustration qu'il avait accumulée tout au long de la soirée.

Mais il comprenait à présent qu'il n'en était rien. Il existait entre eux une forme d'alchimie, une connivence tant physique qu'émotionnelle qui ne pouvait se réduire à une série d'explications plus ou moins rationnelles.

Jamais aucune femme ne lui avait fait un tel effet. Même avec Yana, aux premiers temps de leur relation, il n'avait pas éprouvé ce besoin impérieux, primal, total.

C'était quelque chose de bien plus fort que lui, de bien plus puissant que toutes les excellentes raisons qu'il pouvait avoir de garder ses distances vis-à-vis d'Emily. Et rien n'aurait pu réprimer en cet instant l'envie qu'il avait simultanément de la posséder et de se perdre en elle.

La soulevant entre ses bras, il l'emporta jusqu'à la plage de sable blanc où il l'allongea. Il put alors la contempler tout à son aise, fasciné par le mélange de grâce et de sensualité qui émanait d'elle.

Il n'aurait su dire d'où provenait la magie de sa beauté. De l'éclat de ses grands yeux bruns, du mystère de ce corps à la fois mince et sensuel, de sa peau laiteuse qui évoquait le marbre le plus pur ou bien encore de tout cela à la fois…

Il lui semblait soudain qu'Emily était la réponse à une prière, la matérialisation d'un rêve qu'il faisait depuis toujours, la réponse à une question encore informulée. Elle était le contrepoint parfait de lui-même, son âme sœur.

S'apercevant du tour que prenaient ses pensées, il s'efforça de bannir cette étrange révélation. Il n'était pas du tout prêt à l'admettre. Se penchant vers elle, il l'embrassa de nouveau, se perdant presque avec soulagement dans la réalité bien plus terre à terre du désir qu'il avait d'elle en cet instant.

Emily l'entoura de ses bras et il sentit son corps onduler doucement sous le sien. Enlacés, ils roulèrent sur le sable tout en se dévorant de baisers. Leurs mains se perdaient, redoublant de caresses toujours plus audacieuses.

Le désir qu'ils avaient l'un de l'autre atteignait de nouveaux sommets et Pascha comprit qu'il ne tarderait pas à perdre tout contrôle. C'est alors qu'au prix d'un effort surhumain Emily se força à s'écarter de lui.

— Que se passe-t-il ? lui demanda Pascha, terriblement frustré.

— Nous ne pouvons pas…, dit-elle d'une voix haletante. Nous n'avons pas de préservatif.

Pascha sentit son cœur s'emballer dans sa poitrine.

— Ce n'est pas la peine, lui assura-t-il. Tu n'as rien à craindre de ma part…

— Ni de la mienne, répondit-elle. Mais je ne pensais pas seulement aux maladies.

— Je sais. Mais je ne peux pas avoir d'enfants, Emily.

— Je suis désolée, murmura-t-elle.

— Pour une fois, pas moi, répliqua-t-il en se rapprochant d'elle.

Elle parut sur le point de lui poser une question mais il n'avait aucune envie de s'étendre sur le sujet, pour le moment. Tout ce qu'il voulait, en fait, c'était lui faire l'amour. Elle dut le lire dans ses yeux car son propre regard prit cet éclat si particulier qu'il avait appris à reconnaître.

— Viens…

Ils se débarrassèrent de leurs maillots et s'étreignirent de nouveau. La passion ne tarda pas à renaître, plus intense encore maintenant que plus rien ne les empêchait de s'y abandonner.

Contrairement à la fois précédente, ils ne s'embarrassèrent pas de préludes. L'envie était bien trop forte. Et ce fut Emily qui prit l'initiative, le repoussant sur le dos pour s'asseoir au-dessus de lui.

Fasciné, il se força à demeurer immobile, les yeux rivés sur elle. Elle était merveilleuse et il aurait pu passer des heures à la contempler. Mais elle prit littéralement les choses en main, caressant son sexe dressé.

Pascha la laissa prendre le contrôle. Cette passivité ne lui ressemblait pas mais il la trouvait terriblement excitante, peut-être parce qu'il avait en elle une confiance totale.

Elle le pressa contre son propre sexe, le caressant sans le laisser entrer vraiment en elle. Ce petit jeu acheva de les rendre fous de désir.

— Emily…, murmura-t-il d'un ton suppliant.

Le sourire malicieux qui se dessina sur les lèvres de la jeune femme disparut rapidement tandis qu'elle le laissait enfin entrer en elle. Elle renversa la tête en arrière et ses doigts se crispèrent sur la poitrine de Pascha tandis qu'elle était parcourue par un violent frisson de plaisir.

Il se força à contrôler le rythme de sa respiration de peur de succomber à son tour. Puis elle commença à bouger au-dessus de lui et il se redressa pour capturer l'un de ses mamelons entre ses lèvres.

Ses mains se plaquèrent contre les fesses brûlantes d'Emily et il accompagna le rythme de son bassin. Elle gémit, tandis que leurs mouvements se faisaient de plus en plus frénétiques.

Ils jouirent au même instant, basculant l'espace de quelques secondes tremblantes dans un monde où le temps n'avait plus prise sur eux et où ils ne faisaient plus qu'un.

Le visage d'Emily était niché au creux de son épaule tandis que, haletants, ils demeuraient étendus sur le sable, accrochés l'un à l'autre comme s'ils avaient peur de se perdre. Au bout d'un long moment, Pascha s'écarta légèrement d'elle de façon à pouvoir la contempler.

— Pourquoi est-ce que tu me regardes de cette façon ? lui demanda-t-elle en souriant.

— Parce que je te trouve magnifique, répondit-il.

— Tu n'es pas mal non plus, répliqua-t-elle.

Pascha éclata de rire. Jamais il ne s'était senti aussi heureux qu'en cet instant.

— Comment as-tu su que l'eau était assez profonde ? lui demanda-t-il.

— Je n'en étais pas tout à fait sûre, répondit-elle d'un ton malicieux.

— Tu es folle ! s'exclama-t-il, rétrospectivement horrifié par le risque qu'elle avait pris. Et s'il y avait eu des rochers ou des coraux ?

— Il n'y en avait pas.

— Tu aurais pu te tuer !

— Et alors ? répliqua-t-elle avec une pointe de mélancolie dans la voix. A qui aurais-je manqué ?

— A ton père…

— C'est James qui a réussi à le sortir de son lit, pas moi, soupira-t-elle.

— Mais uniquement parce qu'il est arrivé plus tard. Si tu étais restée, c'est toi qui aurais été là lorsqu'il a décidé de se lever.

— Je n'en suis pas si sûre, objecta Emily. Je ne dis pas qu'il ne m'aime pas… Mais il ne m'aimait pas assez pour renoncer à son projet de suicide.

— Tu ne dois surtout pas penser une chose pareille ! Un suicide est rarement quelque chose de calculé et de planifié. Le plus souvent, c'est une impulsion à laquelle on succombe dans un moment de désespoir.

— Peut-être…, murmura Emily sans conviction.

— Je suis certain que ta présence auprès de ton père a été capitale. Sans toi, il ne se serait probablement pas remis aussi vite. Mais il est temps pour toi de tourner la page, de penser à l'avenir et de te concentrer sur les relations que tu vas établir dorénavant avec lui. Contrairement à moi, tu as encore une chance de pouvoir te rapprocher de ton père.

— Tu as sans doute raison, acquiesça-t-elle d'un ton nettement plus convaincu.

Il lui décocha un clin d'œil qui se voulait réconfortant. Le courageux sourire par lequel elle lui répondit lui transperça le cœur. Jamais personne ne lui avait inspiré une telle tendresse.

— Tu l'aimais beaucoup, n'est-ce pas ? lui demanda-t-elle.

— Qui donc ?

— Ton père adoptif.

— Enormément. Et je regrette de n'avoir pas su le lui dire lorsqu'il en était encore temps. Il a tant donné pour moi… Sans lui, je ne serais sans doute même pas en vie, aujourd'hui.

— Que veux-tu dire ?

— A l'époque où j'ai souffert de cette leucémie, le système de santé était complètement désorganisé, en Russie. Mes parents ont dû payer de leur poche la majeure partie de mes traitements, qu'il s'agisse des séances de chimiothérapie ou de tous les médicaments que je devais prendre. Plushenko n'était alors qu'une toute petite entreprise dont Andrei était à la fois le fondateur et le seul employé…

— Mais je croyais que Plushenko existait depuis bien plus longtemps, s'étonna Emily. J'étais même convaincue que l'histoire de cette maison remontait au moins au début du siècle…

— C'est que la stratégie de communication que j'ai

mise en place a porté ses fruits, répondit-il. Lorsque j'ai commencé à travailler pour l'entreprise, j'ai compris que pour rivaliser avec les plus prestigieuses joailleries il nous fallait renforcer notre image de marque. Mais les débuts ont été nettement plus modestes…

Un sourire doux-amer se dessina sur les lèvres de Pascha.

— D'une certaine façon, c'est un peu grâce à ma leucémie que Plushenko a connu une croissance si rapide. Pour régler les factures de l'hôpital, Andrei s'est mis à travailler d'arrache-pied. Il passait des heures dans son atelier, jusqu'à tomber de fatigue. Il travaillait même le week-end.

— Crois-tu que c'est pour cela que Marat t'en a voulu ? lui demanda Emily. Peut-être t'en voulait-il de le priver de la présence de son père ?

Pascha considéra longuement cette éventualité.

— Peut-être, concéda-t-il enfin. Je n'avais jamais envisagé les choses sous cet angle…

— As-tu essayé de te réconcilier avec lui depuis la mort d'Andrei ?

Pascha secoua la tête.

— Il est encore temps de le faire, tu sais, remarqua Emily. Après tout, Marat a peut-être oublié la rancune qu'il éprouvait autrefois envers toi.

— J'en doute, soupira Pascha. Et de toute façon, je ne peux pas prendre le risque de reprendre contact avec lui, en ce moment.

— Pourquoi ?

— Parce que cela risquerait de lui mettre la puce à l'oreille. Or je ne veux pas qu'il se doute que c'est moi qui ai orchestré le rachat de Plushenko.

— Pourquoi tiens-tu tant à sauver cette entreprise ? lui demanda Emily. Après tout, Andrei est mort…

— Mais si je parviens à sauver ce qu'il a bâti, j'obtiendrai peut-être enfin le pardon de ma mère. Elle n'a jamais accepté la façon dont j'ai coupé les ponts. Lorsque j'ai tenté de faire amende honorable, après la mort d'Andrei, elle n'a rien voulu entendre…

— Je suis désolée, murmura Emily.

— Je sais.

Et de fait, il avait la conviction qu'elle comprenait ce qu'il éprouvait. Leurs situations se ressemblaient étrangement. Emily aussi avait perdu quelqu'un qui lui était cher. Et comme lui, elle était prête à tout pour prouver son amour au seul parent qu'il lui restait.

Cela ne faisait qu'ajouter à la complicité croissante qui les unissait désormais. Et Pascha se demanda avec une pointe d'inquiétude combien de temps encore il pourrait éluder la question des sentiments que lui inspirait Emily.

11.

— Nous devrions rentrer, déclara Pascha en s'arrachant à contrecœur aux bras d'Emily.

— Déjà ?

— Luis a dû recevoir des nouvelles de Porto Rico, expliqua-t-il. Il se peut que quelqu'un puisse passer me chercher pour me ramener à San Juan.

L'idée de l'abandonner ici ne l'enthousiasmait guère, mais il ne pouvait se permettre de laisser passer cette chance de quitter l'île. La conversation qu'ils venaient d'avoir au sujet d'Andrei, de Marat et de sa mère, lui avait rappelé toute l'importance que revêtait à ses yeux le rachat de l'entreprise familiale.

Et pourtant, une partie de lui aurait préféré demeurer sur cette plage, auprès d'Emily. Elle avait le don de lui faire oublier ses angoisses, de lui montrer ce que la vie avait de meilleur à offrir. A ses côtés, il avait l'impression de devenir un autre homme, meilleur et plus sage.

Pendant qu'il se faisait ces réflexions, Emily était allée récupérer leurs maillots qui, par chance, n'avaient pas été emportés par la mer et s'étaient échoués sur le rivage. Elle lui lança son caleçon et enfila son Bikini avant de se tourner vers la falaise.

— Toute la question est de savoir comment nous allons bien pouvoir remonter à présent, déclara-t-elle d'un air malicieux.

— Ne me dis pas que tu n'as pas pensé à cela avant de sauter ! s'exclama Pascha, sidéré.

— Pas vraiment, répondit-elle avec un charmant haussement des épaules. Je me suis dit qu'au pire je n'aurais qu'à nager le long de la côte jusqu'à la prochaine plage…

Pascha secoua la tête d'un air interdit. Avisant son expression, Emily éclata de rire.

— Ne t'en fais pas, reprit-elle, j'ai l'impression qu'il y a un passage…

Elle s'approcha de la paroi rocheuse qui se dressait sur la droite de la cascade.

— La pierre forme une sorte d'échelle naturelle. Nous devrions pouvoir remonter facilement.

Joignant le geste à la parole, elle commença à grimper. L'inquiétude de Pascha ne tarda pas à se dissiper lorsqu'il constata l'aisance avec laquelle elle se mouvait. De toute évidence, ce n'était pas la première fois qu'elle pratiquait ce genre d'escalade.

Ses gestes étaient précis et assurés et elle ne semblait jamais hésiter. Fasciné, il la contempla durant quelques instants, admirant la détermination et le courage dont elle faisait preuve. Il se demanda s'il devait la suivre ou attendre, au cas où elle lâcherait prise et où il devrait tenter de la rattraper au vol.

— Tu peux y aller, l'encouragea-t-elle. Les premiers mètres sont délicats à négocier mais ensuite, c'est un jeu d'enfant.

Au mépris, une fois de plus, de la prudence qui le caractérisait d'ordinaire, Pascha s'avança à son tour jusqu'à la paroi et commença à grimper. Il ne tarda pas à s'apercevoir qu'Emily ne lui avait pas menti : l'escalade était tout à fait à la portée d'un néophyte comme lui.

Et à mesure qu'il s'élevait au-dessus de la plage, il éprouva un sentiment d'exaltation comparable à ce qu'il avait ressenti en sautant du haut de la falaise. Cela faisait une éternité qu'il ne s'était pas senti aussi vivant, autant en harmonie avec le monde qui l'entourait.

Aux côtés d'Emily, il avait l'impression de sortir d'une longue torpeur, de redécouvrir des plaisirs simples mais importants qu'il avait perdus de vue depuis bien trop longtemps : faire l'amour, somnoler au soleil, discuter à cœur ouvert…

Lorsque Pascha se hissa au sommet de la falaise, Emily avait déjà enfilé les vêtements qu'elle avait abandonnés là avant de plonger. Elle le regarda s'habiller à son tour, en profitant pour contempler à loisir cet homme dont elle était en train de tomber amoureuse.

A quoi aurait-il servi de se mentir à ce sujet ? Chaque jour qui s'écoulait la faisait se sentir un peu plus proche de Pascha. Initialement, elle avait essayé de se convaincre que sa réaction était purement physique, qu'elle le trouvait juste désirable.

Mais il était évident que ses sentiments ne se limitaient plus à une simple attirance. Les confidences qu'il venait de lui faire l'avaient vivement émue. Et la sympathie qu'elle éprouvait à son égard dépassait la pure compassion. C'était une forme de connivence bien plus profonde, bien plus puissante.

La perspective de le voir quitter l'île lui était pénible, surtout parce qu'elle redoutait l'éventualité que ce départ puisse sonner le glas de leur courte liaison. Elle n'avait pas envie de le perdre.

Emily soupira intérieurement. Cela faisait des années qu'elle était célibataire. Pourquoi avait-il donc fallu qu'elle s'éprenne d'un homme si différent d'elle, si inaccessible ?

Non seulement Pascha était un milliardaire qui évoluait dans un tout autre monde que le sien mais, de plus, c'était quelqu'un de complexe, qui devait combattre ses démons.

Avec une pointe d'autodérision, elle se demanda si ce n'était pas justement parce qu'il était si compliqué qu'il était le seul à avoir su éveiller son intérêt parmi tous les hommes qu'elle avait croisés au cours de ces dernières années.

Peut-être était-ce aussi parce que, contrairement à la plupart d'entre eux, il n'avait pas cherché à la séduire. Il était aussi troublé et désarçonné par l'attirance qu'ils éprouvaient l'un envers l'autre. Et elle aimait cette forme de vulnérabilité en lui.

— Tu es prête ? lui demanda-t-il.

Elle hocha la tête et prit la main qu'il lui tendait, secrètement émue par cette nouvelle preuve de tendresse. Ils se mirent en route vers la villa.

— S'il y a vraiment un bateau, il te faudra faire tes bagages très vite, remarqua alors son compagnon.

A ces mots, elle sentit les battements de son cœur s'emballer dans sa poitrine.

— Je pensais que je devais rester ici pendant une semaine, objecta-t-elle.

— Je ne peux pas prendre le risque de te laisser là alors que nous ignorons combien de temps prendront réellement les réparations du bateau, répondit Pascha. Et puis, ajouta-t-il d'une voix très douce, je suis désormais convaincu que jamais tu ne trahirais ma confiance.

— Merci, lui dit-elle en s'efforçant de maîtriser l'émotion qui perçait dans sa voix.

Pascha secoua la tête.

— Il n'y a vraiment pas de quoi, lui dit-il. J'ai beaucoup réfléchi à la situation au cours de ces derniers jours. Et je suis parvenu à la conclusion que je n'aurais jamais dû licencier ton père de façon aussi brutale. Mais mes avocats se focalisaient exclusivement sur le dossier Plushenko et je ne voulais pas courir le risque de les déconcentrer…

— Je sais.

— J'ai conscience d'avoir directement contribué à la dépression dont il souffre et peut-être aussi à sa tentative de suicide, ajouta-t-il. C'est une faute que je ne pourrai jamais réparer mais j'aimerais que tu dises à Malcolm que, s'il désire réintégrer son poste, je le tiens à sa disposition. Et s'il préfère chercher un nouvel emploi, je soutiendrai ses candidatures.

Le regret et la culpabilité qui se lisaient dans les yeux de Pascha la touchèrent plus encore que ses paroles. Il savait comme elle que rien ne pourrait jamais effacer complètement sa responsabilité dans cette malheureuse affaire.

— J'ai aussi eu tort de réagir comme je l'ai fait, l'autre jour, conclut-il. Au lieu de te forcer à me suivre à l'autre bout du monde, j'aurais dû commencer par t'écouter, par te laisser défendre ton point de vue.

— Peut-être, répondit-elle enfin en esquissant un fin sourire. Mais je ne suis pas sûre de regretter le temps que j'ai passé ici, en fin de compte…

A ces mots, Pascha parut se détendre légèrement.

— Je ne regrette pas non plus ce qui s'est passé entre nous, déclara-t-il. Mais je t'ai tenue trop longtemps éloignée de ta famille. Ton père et ton frère ont besoin de toi. Et je suis sûr que tu as hâte de les retrouver.

Emily hocha la tête. Elle se sentait effectivement impatiente de constater de ses propres yeux l'amélioration de l'état de santé de son père. En revanche, elle était bien décidée à ne pas reprendre l'existence qu'elle avait quittée quelques jours auparavant.

Prendre de la distance lui avait permis de prendre conscience du fait qu'à force de vivre pour les autres, elle en avait oublié de vivre pour elle-même.

Peut-être était-il temps pour elle de reconsidérer son sens des priorités, de penser un peu plus à elle et un peu moins à ce que les gens pouvaient bien attendre d'elle.

Qui sait ? Peut-être prendrait-elle alors un peu plus de valeur à ses propres yeux et à ceux des autres…

C'était vrai de sa relation avec son père, bien sûr, pour lequel elle avait renoncé à son appartement et à ses amis durant des mois. C'était vrai aussi de sa carrière qu'elle avait entièrement mise au service de la vision de Hugo sans jamais se soucier de ses propres aspirations.

C'était vrai enfin de tous les hommes avec lesquels elle était sortie jusqu'à aujourd'hui. Chaque fois, elle s'était efforcée de se conformer à leurs envies et à leurs besoins, elle les avait laissés façonner aussi bien son quotidien que sa personnalité. Au fond, c'était pour cela qu'elle avait fini par opter pour le célibat qui la faisait se sentir plus libre.

Avec Pascha, en revanche, elle n'avait pas cherché à faire semblant. Elle était bien trop en colère contre lui pour songer à se plier à ses exigences. Bien au contraire, elle s'était montrée telle qu'elle était. Et loin de le repousser, cette honnêteté semblait l'avoir séduit.

Evidemment, rien ne disait que cette attirance survivrait à leur départ de ce petit paradis…

Emily était accoudée au bastingage du petit bateau de pêche qui devait les ramener jusqu'à Porto Rico. Les larmes aux yeux, elle contemplait l'île d'Aliana en se demandant si elle aurait un jour l'occasion d'y revenir.

Pascha émergea de la cabine de pilotage où il s'était entretenu avec le capitaine et descendit l'échelle pour venir la rejoindre. Pendant qu'elle faisait ses bagages, il avait eu le temps de prendre une douche, de se raser et de se changer.

Il avait recouvré son apparence habituelle, celle de l'homme d'affaires tiré à quatre épingles. Et s'il lui semblait toujours aussi séduisant, il était indéniablement bien plus intimidant que lorsqu'il se trouvait sur l'île.

Se tournant vers lui, Emily trouva enfin la force de lui poser la question qui la tourmentait depuis qu'ils étaient revenus de la cascade.

— Est-ce que je te reverrai, une fois que nous serons de retour en Angleterre ?

En le voyant se rembrunir, elle regretta presque de l'avoir interrogé à ce sujet. Mais elle avait décidé de reprendre en main sa propre destinée et c'était probablement une bonne façon de commencer.

— Dois-je comprendre que ce ne sera pas le cas ? insista-t-elle tandis que le silence de Pascha menaçait de s'éterniser.

Pascha contempla avec attention le visage d'Emily. Un éclair de déception mêlée de tristesse passa dans ses yeux. Mais elle se garda de tout reproche et fit un effort évident pour lui dissimuler sa réaction initiale, esquissant même un sourire.

Son cœur se serra dans sa poitrine et, l'espace d'un instant, il fut tenté de lui avouer ce qu'il ressentait pour elle et de lui dire qu'il voulait la revoir. Mais cela n'aurait fait que repousser l'inévitable échéance et rendre leur rupture plus douloureuse encore.

Mieux valait profiter de ce retour à la normale pour prétendre que leur liaison n'avait été qu'une simple passade, une aventure sans lendemain. Il ouvrit la bouche pour le lui dire mais la referma aussitôt.

Emily méritait mieux que cela.

— Ecoute, lui dit-il enfin d'une voix très douce, je suis vraiment désolé, Emily, mais je ne pense pas que notre relation puisse avoir un avenir.

Il prit une profonde inspiration avant de poursuivre.

— Ce n'est pas à cause de toi mais de moi, reprit-il. Je sais que c'est ce que disent la plupart des hommes qui veulent rompre mais, dans ce cas précis, il se trouve que c'est la vérité. Nous pourrions continuer à nous voir, une fois de retour en Europe. Nous pourrions sortir ensemble et prendre du bon temps tous les deux. Mais cela ne nous mènerait nulle part…

Emily ne répondit pas, se contentant de l'observer sans comprendre.

— Je ne peux pas te donner ce à quoi tu aspires, lui dit-il.

— Je ne comprends pas…

— Je te l'ai dit : je ne peux pas avoir d'enfants.

L'incompréhension d'Emily se mua en stupeur.

— Je ne t'ai jamais dit que je voulais avoir des enfants avec toi !

— Tu n'as pas besoin de le faire. Je sais combien la famille est importante pour toi. Tôt ou tard, tu en auras envie. Et je te connais assez bien pour savoir que tu feras une mère formidable. Mais ce ne sera pas avec moi…

Agrippant le bastingage, il observa la mer calme et paisible sur laquelle ils naviguaient. Il était difficile de croire qu'un ouragan avait pu faire rage, quelques jours seulement auparavant.

— Comme tu le sais, j'ai été marié, autrefois, reprit-il.

Il s'exprimait à présent d'un ton détaché, comme s'il parlait de quelqu'un d'autre que lui, comme si l'aveu qu'il était en train de faire ne lui déchirait pas le cœur.

— Elle s'appelait Yana. Nous sortions ensemble depuis le lycée et nous nous aimions énormément. Et puis, elle a voulu avoir un enfant. J'étais d'accord. En fait, j'avais toujours imaginé devenir père un jour. Mais cela n'a pas marché… Au bout d'un moment, nous sommes allés consulter un spécialiste. Et les tests ont révélé que j'étais stérile.

— Je suis désolée, murmura Emily.

— Je l'étais tout autant, répondit-il. Les médecins ignoraient si c'était à cause de la maladie que j'avais eue, étant enfant, ou des traitements que j'avais dû subir.

— Comment a réagi Yana ?

— Au début, elle m'a assuré que cela ne changeait rien. Et je l'ai crue. Et puis les couples autour de nous se sont mis à avoir des enfants, les uns après les autres. Et chaque fois, je voyais Yana souffrir un peu plus. Elle n'en parlait pas, bien sûr, mais ce silence a fini par empoisonner notre relation…

— Pourquoi n'avez-vous pas adopté ? demanda Emily.

— Yana me l'a suggéré mais j'y étais opposé.

— Pourquoi ? N'as-tu pas été toi-même adopté ?

Il se tourna enfin vers elle et la vit sursauter légèrement en avisant la douleur et la frustration qui devaient se lire dans ses yeux.

— Justement, répondit-il. J'étais bien placé pour savoir combien ce pouvait être difficile pour un enfant… Marat n'a cessé de me rappeler que je n'étais pas du même sang qu'Andrei, que je ne serais jamais vraiment son fils. Et lorsque ce dernier a pris son parti contre moi, j'ai bien été forcé de reconnaître qu'il avait raison…

— C'est absurde ! s'exclama Emily.

Pascha la considéra avec stupeur. Il s'était attendu à ce qu'elle comprenne son point de vue.

Ne lui avait-il pas clairement exposé la situation ? Ne lui avait-il pas raconté avec force détails les épreuves qu'il avait traversées ?

— Cela te paraît peut-être absurde, répondit-il un peu sèchement, mais cela n'en est pas moins vrai. Et je refuse de placer un enfant dans une telle situation.

— La tienne n'avait rien à voir, objecta Emily. Tu avais ta mère biologique, par exemple…

— Elle n'en a pas moins pris fait et cause pour Andrei et Marat…

— Qu'était-elle censée faire ? Tu la plaçais dans une situation intenable. D'autant qu'elle-même n'avait aucun lien avec votre entreprise… Quant à Andrei, étant donné tout ce que tu m'as raconté à son sujet, je suis convaincue qu'il n'imaginait pas que tu réagirais de façon aussi excessive…

— Excessive ? gronda Pascha.

Jamais il n'aurait imaginé qu'Emily puisse faire preuve d'un tel manque de sollicitude à son égard. Et il commençait à se demander s'il ne s'était pas trompé au sujet des sentiments qu'elle éprouvait pour lui.

— Andrei avait tout donné pour toi, ajouta-t-elle. Tu m'as dit toi-même qu'il avait travaillé jour et nuit pour payer les frais d'hôpital et les médicaments dont tu avais besoin lorsque tu étais malade. Il t'a offert un poste dans son entreprise et a fait de toi son bras droit… Imagines-tu vraiment qu'il ne t'aimait pas autant que si tu avais été son propre fils ?

La remarque était d'autant plus cruelle qu'il la savait fondée. Sans doute aurait-il mieux fait de mettre un terme à cette conversation, le temps de se calmer et de réfléchir à ce qu'elle venait de lui dire. Mais en cet instant, il était bien trop furieux contre elle pour faire preuve d'un tel self-control.

— Tu crois peut-être que parce que nous avons fait l'amour deux fois tu as le droit de me dicter ce que je suis censé penser ou ressentir ? s'exclama-t-il.

Elle pâlit et recula d'un pas comme s'il venait de la gifler. Mais elle ne renonça pas pour autant à lui tenir tête.

— Ce que je crois, c'est qu'il y a des millions d'orphelins de par le monde qui préféreraient être adoptés que de continuer à vivre dans le dénuement le plus total. Mais tu es trop aveuglé par ton ressentiment envers Marat pour t'en rendre compte.

— Tu te trompes !

— Pas du tout. Je sais que tu essaies de te convaincre que l'acquisition de Plushenko est un acte noble qui te permettra de te racheter aux yeux de ta mère. Mais si c'était vraiment le cas, tu avancerais à visage découvert. En réalité, tu espères surtout infliger une bonne leçon à ton frère. Tu veux lui prouver qu'il a été incapable de gérer l'entreprise de votre père et que tu aurais fait un bien meilleur héritier que lui.

Emily s'était exprimée sans colère et sans haine, ce qui rendait son diagnostic plus impitoyable encore. Il aurait voulu protester, lui dire qu'elle se trompait, voire l'enjoindre au silence. Mais en l'écoutant parler, il avait senti le doute s'insinuer dans son esprit.

Il préféra donc botter en touche.

— Si tu ne voulais pas d'enfants, tu ne chercherais pas à me convaincre d'adopter, déclara-t-il d'un ton rogue.

Elle leva les yeux au ciel d'un air exaspéré.

— Bien sûr que j'en veux ! s'exclama-t-elle. Mais si j'étais amoureuse de quelqu'un qui n'en voulait pas, je ne chercherais jamais à lui forcer la main.

— C'est ce que disait Yana, rétorqua Pascha. Et je suis convaincu qu'elle le croyait vraiment, au début. Mais ça a fini par la ronger de l'intérieur. Je l'ai rendue terriblement malheureuse et notre rupture a sans doute été ce que j'ai fait de mieux pour elle…

— Au cas où tu ne l'aurais pas remarqué, je ne suis pas Yana, objecta Emily en fronçant les sourcils.

— Vous vous ressemblez beaucoup. Pas physiquement, bien sûr. Mais vous avez toutes deux ce besoin de rendre les autres heureux, quitte à devoir vous sacrifier.

Emily tiqua une fois de plus.

— Alors, je comprends mieux combien elle a dû souffrir, murmura-t-elle. Il n'y a pas d'amour sans sacrifice, Pascha. Pas d'amour sans une part de renoncement. A sa liberté, à une partie de ses envies et de ses rêves… C'est le prix à payer pour construire quelque chose à deux. Ceux qui pensent le contraire ne sont que d'incurables romantiques. Ou bien des cyniques qui se refusent à faire la moindre concession.

— Si tu en sais autant sur l'amour, pourquoi es-tu donc toujours célibataire ? répliqua-t-il, furieux.

Une lueur douloureuse passa dans les yeux d'Emily mais elle se raidit, le défiant du regard.

— Peut-être parce que je n'ai encore jamais rencontré quelqu'un qui m'inspire de tels sentiments, répondit-elle durement.

— Je vois… Eh bien, il semble que nous soyons d'accord, en fin de compte : il n'y a rien à espérer de cette relation.

Tous deux s'observèrent en silence pendant quelques secondes qui lui parurent durer des heures. Une partie de lui brûlait de lui dire qu'il regrettait ses paroles, qu'il n'aurait pas dû se montrer aussi dur avec elle.

Mais la colère et la fierté qui l'habitaient en cet instant l'empêchèrent de prononcer ces mots. D'ailleurs, songea-t-il, Emily ne s'était guère montrée plus conciliante à son égard. Ne venait-elle pas de l'accuser à demi-mot d'égoïsme et de cynisme ?

— Tu as raison, dit-elle enfin. Mieux vaut en rester là.

Elle secoua la tête d'un air dépité.

— J'ai cru que notre histoire pouvait être différente mais je me suis trompée, conclut-elle. Lorsque nous accosterons, conduis-moi à l'aéroport de San Juan. Je prendrai le premier vol pour Londres.

Il faillit insister pour qu'elle prenne son propre jet. Mais la perspective du tête-à-tête glacial qui en résulterait l'en dissuada.

— Je paierai ton billet, lui dit-il.

— J'y compte bien, répliqua-t-elle froidement. Après tout, c'est toi qui m'as forcée à venir jusqu'ici. Et il est probable que cela m'ait coûté ma seule source de revenus.

12.

Emily ne s'était pas trompée. Son excursion inattendue aux Caraïbes avait bel et bien épuisé la patience de Hugo. Elle avait trouvé dans la boîte aux lettres un courrier qui lui annonçait qu'à la suite de ses manquements répétés il n'avait d'autre choix que de la licencier pour faute.

Curieusement, l'abattement qu'elle s'était attendue à éprouver n'était pas venu. Certes, l'idée de se retrouver sans emploi éveillait en elle une pointe d'inquiétude. Mais ce sentiment se doublait d'une certaine exaltation.

Car elle n'aurait désormais d'autre choix que de mener à bien une transformation radicale de son existence. Elle allait enfin pouvoir se consacrer à ses propres créations. Dans un premier temps, cela lui rapporterait peut-être moins que son ancien travail mais ce serait autrement plus passionnant.

Ce qui l'inquiétait beaucoup plus, en revanche, c'était la situation de son père.

Elle avait espéré qu'il serait sur pied et en bonne voie de guérison mais, au lieu de cela, elle l'avait trouvé alité et plus déprimé que jamais. Même l'annonce de la décision que Pascha avait prise de lui rendre son poste n'avait pas suffi à le dérider.

Cela n'avait fait que renforcer sa propre résolution et elle avait passé une bonne partie de la journée à prendre tous les arrangements nécessaires. Lorsque son frère rentra du travail, le lendemain de son arrivée, elle l'entraîna directement dans le salon pour lui parler.

— Ton voyage s'est bien passé ? lui demanda-t-il.

— Disons qu'il s'est révélé très instructif…

— Qu'est-ce que tu veux dire par là ?

— Que j'ai eu le temps de réfléchir à notre situation, expliqua-t-elle. Et je suis parvenue à la conclusion que cela ne peut plus durer.

— Ça ne dépend malheureusement pas de nous, observa James en jetant un coup d'œil en direction de l'escalier.

— C'est ce que je croyais, reconnut-elle. Mais je suis désormais convaincue du contraire.

Son frère la considéra avec un mélange d'étonnement et de curiosité. Il n'avait pas l'habitude de l'entendre s'exprimer d'un ton aussi résolu.

— Jusqu'à présent, nous sommes toujours partis du principe qu'il nous suffisait d'être patients et que papa finirait par remonter la pente, expliqua-t-elle.

— Tu ne penses plus que ce soit le cas ?

— Non. Les choses sont allées beaucoup trop loin. Il faut qu'il consulte quelqu'un.

— Dois-je te rappeler que c'est toi qui as toujours refusé d'appeler un psychiatre ?

— C'est vrai. Je voulais lui épargner cela, lui permettre de s'en sortir par lui-même, de garder la face… Je crois que c'était aussi une façon pour moi de ne pas reconnaître la gravité de la situation. Mais j'ai eu tort.

— Que comptes-tu faire, alors ?

— J'ai déjà appelé notre médecin de famille et je lui ai demandé de me recommander une clinique qui pourrait prendre papa en charge.

James considéra durant quelques instants ce qu'elle venait de lui dire et finit par hocher la tête.

— Très bien, lui dit-il. Je pense que tu as raison. Nous

avons fait tout ce qui était en notre pouvoir et il est temps de passer la main.

Emily réprima difficilement un soupir de soulagement. Si son frère s'était résolument opposé à sa décision, elle n'aurait peut-être pas eu la force de lui tenir tête.

— Je suis contente que nous soyons d'accord, déclara-t-elle. Je vais aller annoncer la nouvelle à papa.

— Tu veux que je t'accompagne ? lui demanda James sans enthousiasme.

— Non. C'est quelque chose que je dois faire par moi-même.

Sur ce, elle se leva et se dirigea vers la porte.

— Sœurette ? l'interpella James avant qu'elle quitte la pièce.

Elle marqua une pause et se tourna vers lui.

— Puis-je savoir ce qui t'a convaincue de prendre cette décision ? lui demanda-t-il.

— Disons que j'ai décidé de prendre ma vie en main, répondit-elle d'un ton qui n'était pas dépourvu d'une certaine fierté.

Mais cet accès d'optimisme ne fut que de courte durée. Car lorsqu'elle entra dans la chambre de son père, quelques instants plus tard, elle trouva Malcolm Richardson en larmes sur son lit.

— Que se passe-t-il ? lui demanda-t-elle, inquiète.

— Emily, balbutia-t-il, il y a quelque chose qu'il faut que je te dise…

En arrivant devant l'immeuble dans lequel se trouvaient les bureaux de Bamber, Pascha fut brièvement tenté de faire demi-tour et de rentrer chez lui. Il résista pourtant à cette impulsion.

Le fait qu'il ait essuyé le pire revers de toute sa carrière ne signifiait pas qu'il devait renoncer à se préoccuper de ses autres affaires. Il le devait au moins à tous ses salariés qui comptaient sur lui. Réprimant un soupir, il se dirigea vers l'ascenseur.

Les portes métalliques s'ouvrirent, révélant des bureaux qui fourmillaient déjà d'activité. En temps normal, cette vision l'aurait empli de satisfaction.

En l'espace de quelques mois, il était parvenu à restaurer au sein de cette entreprise le goût du travail et du défi ainsi qu'une véritable motivation collective. La routine avait laissé place à l'audace et à l'esprit d'initiative et il était persuadé que cette transformation ne tarderait pas à porter ses fruits.

Mais aujourd'hui, cette certitude le laissait indifférent. Il se sentait émotionnellement vidé et savait déjà que rien de constructif ne sortirait de cette journée.

— Bonjour, monsieur Virshilas ! s'exclama sa secrétaire d'une voix affable. Voulez-vous que je vous prépare un café ?

— Non merci, Cathy, déclina-t-il en se forçant à lui rendre son sourire. Si quelqu'un appelle, dites que je ne suis pas là, d'accord ? Je ne veux surtout pas être dérangé.

Sans lui laisser le temps de répondre, il poussa la porte qui menait à son bureau et la referma derrière lui.

Il se figea alors, les yeux fixés sur le visage d'Emily Richardson, assise derrière son bureau.

— C'est une plaisanterie ? dit-il d'une voix sèche. Est-ce que tu comptes t'introduire chaque semaine dans mon bureau ? ajouta-t-il en voyant qu'elle ne faisait pas mine de lui répondre.

Il s'approcha d'elle et sentit son cœur se serrer en découvrant qu'elle avait les yeux brillants de larmes à peine contenues. Elle était d'une pâleur de marbre et arborait des cernes semblant indiquer qu'elle n'avait pas fermé l'œil de la nuit.

— Je suis désolée, répondit-elle enfin d'une voix

blanche. Il fallait que je te voie… Je ne voulais pas que nous ayons cette conversation par téléphone.

— Comment as-tu su que je serais ici ? lui demanda-t-il en se laissant tomber dans l'un des fauteuils qui faisaient face au bureau.

— J'ai appelé Cathy et elle m'a dit que tu devais venir ce matin…

— Tu connais Cathy ? s'étonna Pascha.

— Je l'ai rencontrée par l'intermédiaire de mon père, du temps où il travaillait encore ici, précisa-t-elle.

Voilà qui expliquait comment elle était parvenue à s'introduire dans son bureau la première fois, songea Pascha. Emily dut comprendre qu'elle s'était trahie car elle devint plus pâle encore.

— Ne lui en veux pas, l'implora-t-elle. Elle ne m'a aidée que parce que je l'ai suppliée. Elle aimait beaucoup mes parents et elle voulait me donner une chance de prouver l'innocence de mon père…

La voix d'Emily se brisa et elle se mordit la lèvre pour réprimer un sanglot. L'envie qu'il avait de la prendre dans ses bras et de la serrer contre lui était presque insoutenable et il détourna les yeux, se forçant à fixer l'une des estampes abstraites accrochées au mur, juste derrière elle.

— Je discuterai avec Cathy le moment venu, déclara-t-il. En attendant, j'aimerais bien savoir ce qui me vaut l'honneur de ta visite.

Elle se leva et fouilla nerveusement dans son sac à main à la recherche d'une enveloppe qu'elle lui tendit. Surpris, il s'en saisit et l'ouvrit. Elle contenait un chèque d'un montant de deux cent cinquante mille livres.

Relevant la tête, il l'observa avec une pointe de stupeur.

— Je ne comprends pas, lui dit-il.

— Cet argent est à toi… ou à ta société, plutôt, dit-elle. Mon père a fini par m'avouer toute la vérité.

Elle prit une profonde inspiration, s'efforçant de maîtriser l'émotion qui l'étreignait.

— Tu avais raison depuis le début, ajouta-t-elle d'une voix légèrement tremblante. Il a bel et bien détourné cette somme…

L'aveu qu'Emily venait de faire à Pascha avait été presque aussi difficile que d'apprendre la vérité de la bouche de son propre père. Depuis qu'il lui avait tout révélé, elle était incapable de penser à autre chose.

Lorsque Malcolm avait été licencié, elle avait instantanément pris fait et cause pour lui. Pas une seule fois elle n'avait imaginé qu'il puisse être responsable du méfait dont on l'accusait.

Et elle-même n'avait pas hésité à enfreindre la loi pour tenter de démontrer son innocence. Non seulement elle s'était introduite dans le bureau de Pascha, avait piraté son ordinateur et s'était rendue coupable d'espionnage industriel, mais, pire encore, elle n'avait pas hésité à recourir au chantage pour faire pression sur lui.

Tout cela pour défendre quelqu'un qui ne le méritait même pas…

Rétrospectivement, elle ne parvenait pas à s'expliquer qu'elle ait pu en venir à de telles extrémités. Elle s'était laissé aveugler par ce besoin maladif qu'elle avait de prouver à son père combien elle l'aimait, combien il comptait pour elle.

Mais elle comprenait à présent qu'elle s'était leurrée, tant sur l'innocence de son père que sur sa propre capacité à le rendre heureux. Elle était plus convaincue que jamais qu'il avait besoin de l'aide d'un médecin.

— Je savais déjà que ton père avait pris cet argent, remarqua alors Pascha. Il n'a pas fallu plus de cinq minutes à mon avocat pour découvrir qu'il avait été transféré sur un compte ayant appartenu à ta mère et dont ton père avait hérité.

— Il ne comptait pas en profiter, lui assura-t-elle. Il m'a expliqué qu'il voulait en faire don à l'établissement de soins palliatifs où ma mère a fini sa vie…

— Cela ne m'étonne pas, soupira Pascha.

Elle hésita quelques instants avant de poser la question qui lui brûlait les lèvres.

— Quand l'as-tu appris, au juste ?

— Le lendemain de l'ouragan, répondit-il.

Cela expliquait au moins le brusque revirement d'attitude dont il avait fait montre à son égard, songea Emily.

— Je ne comprends pas, murmura-t-elle enfin. Pourquoi ne m'en as-tu rien dit ? Pourquoi as-tu accepté de laisser mon père revenir ? Et pourquoi m'as-tu fait croire que tu mènerais une enquête interne ?

— Parce que j'ai vu l'état dans lequel se trouvait ton père et parce que je me sens partiellement responsable de sa tentative de suicide. Je n'ai ni l'intention de le poursuivre ni celle d'accepter cet argent. Sers-t'en pour payer les frais d'hospitalisation de ton père.

— Je ne peux pas accepter, protesta-t-elle. C'est beaucoup trop…

Pascha déchira posément l'enveloppe et le chèque qu'il contenait.

— Rentre chez toi et dis à ton père qu'il n'a rien à craindre de moi, conclut-il. Je ne veux que son prompt rétablissement.

Emily ne fit pas mine de bouger. A présent qu'elle commençait à se remettre de ses émotions, elle remarqua quelque chose d'étrange dans l'apparence de Pascha. Contrairement à ses habitudes, ses vêtements étaient froissés, sa cravate dénouée et ses joues mal rasées. Il semblait également très las et l'instinct d'Emily lui soufflait que cela n'avait rien à voir avec l'affaire dont elle venait de lui parler.

— Que se passe-t-il ? lui demanda-t-elle.

Il fit mine de jeter un coup d'œil à sa montre.

— Je suis désolé, Emily, mais j'ai du travail. Loin de moi l'idée de te jeter dehors…

— Je ne partirai pas tant que tu ne m'auras pas dit ce qui ne va pas, répliqua-t-elle en croisant les bras sur sa poitrine.

Pascha poussa un profond soupir et détourna de nouveau les yeux. Une brusque intuition traversa alors l'esprit d'Emily. Elle ne connaissait qu'une chose qui puisse le mettre dans un tel état d'accablement.

— C'est à cause de Plushenko, n'est-ce pas ? Quelque chose a mal tourné ?

En l'entendant prononcer ce nom, Pascha ne put réprimer un frisson.

Dans l'avion qui l'avait ramené jusqu'à Paris, il n'avait cessé de repenser à ce qu'Emily lui avait dit en revenant de l'île d'Aliana.

« Je sais que tu essaies de te convaincre que l'acquisition de Plushenko est un acte noble qui te permettra de te racheter aux yeux de ta mère. Mais si c'était vraiment le cas, tu avancerais à visage découvert. »

Plus il y réfléchissait et plus il songeait qu'elle avait raison. Le souci réel qu'il avait de sauver l'entreprise d'Andrei se doublait effectivement de l'idée que, ce faisant, il se vengerait des humiliations que lui avait fait subir Marat durant toute son enfance.

Il avait fini par se convaincre qu'il serait plus sage de suivre les conseils d'Emily et de faire preuve d'honnêteté. Dès le lendemain de son arrivée, il s'était donc rendu en personne dans les bureaux de Marat et lui avait révélé que c'était lui qui détenait RG Holding.

Il avait expliqué qu'il comptait redresser les comptes de Plushenko et lui rendre son prestige. Il avait même proposé à Marat un poste au sein du conseil d'administration de la future entreprise.

— Qu'en dis-tu ? avait-il conclu, encouragé par l'attention avec laquelle son frère avait écouté son plaidoyer.

Un rictus de dégoût avait alors ourlé les lèvres de Marat.

— Je t'ai dit il y a deux ans de cela que je ne te vendrais jamais cette entreprise. Et je n'ai pas changé d'avis. Je préférerais la voir couler que de la savoir entre tes mains.

Sur le coup, Pascha était demeuré figé par la surprise et l'incompréhension. Il avait presque fini par se persuader que l'optimisme d'Emily était fondé et que tout s'arrangerait entre Marat et lui. Mais la haine que lui vouait ce dernier était bien plus profonde encore qu'il ne l'avait imaginé.

— Je suis vraiment désolé que tu le prennes de cette façon, avait-il enfin répondu. Je te souhaite de trouver un autre investisseur mais, très franchement, je doute que ce soit le cas.

Sur ce, il s'était dirigé vers la porte.

— C'est assez ironique, avait persiflé Marat avant qu'il l'atteigne. Lorsque nous étions enfants, c'est toi qui as failli nous mettre sur la paille avec ta stupide maladie… Et regarde-toi, aujourd'hui : te voilà riche et bien portant alors que je serai bientôt ruiné.

— Si tu acceptes mon offre, tu auras de quoi vivre confortablement jusqu'à la fin de tes jours, avait objecté Pascha.

— Tu ne comprends donc rien ? Je te déteste, Pascha. Je t'ai toujours détesté. Mon seul plaisir sera de te priver de l'entreprise que tu convoites depuis si longtemps.

Une sensation de froid glacial avait envahi Pascha.

— C'est toi qui ne comprends rien, Marat. Ce n'est pas l'entreprise d'Andrei que je voulais… juste une famille…

Se tournant enfin vers Emily qui attendait toujours la réponse à sa question, il la regarda droit dans les yeux.

— Le rachat de Plushenko n'aura pas lieu, déclara-t-il.

— Que s'est-il passé ?

Il la fusilla du regard. Pourquoi fallait-il qu'elle le harcèle de la sorte ? N'avait-elle pas déjà fait suffisamment de mal comme cela ?

— Marat préfère tout perdre que me céder l'entreprise de notre père.

Elle ouvrit de grands yeux.

— Tu lui as dit la vérité ? s'exclama-t-elle.

— Oui. Et il m'a craché au visage.

Comment avait-il pu être assez stupide pour imaginer qu'il en irait autrement ?

— Jamais je n'aurais dû suivre tes conseils, reprit-il durement. A cause de toi, j'ai perdu la dernière chance qu'il me restait de sauver l'héritage d'Andrei et de regagner le respect de ma mère.

Les joues déjà très pâles de la jeune femme prirent une teinte crayeuse.

— Je suis désolée, murmura-t-elle. Je ne pensais vraiment pas que les choses tourneraient de cette façon. Mais tu n'as rien à regretter…

— Comment peux-tu dire une chose pareille ? s'écria-t-il, furieux. J'ai tout perdu !

— Tu te trompes, objecta-t-elle. Tu as fait tout ce qui était en ton pouvoir pour tenter de te réconcilier avec Marat…

— Mais je me moque de Marat ! s'emporta Pascha. Jusqu'à ce que tu me farcisses la tête de chimères à son sujet, la seule chose qui m'importait, c'était la confiance de ma mère. Et je l'ai définitivement perdue !

— Je te l'ai déjà dit : je ne pense pas que le fait de

racheter Plushenko lui aurait brusquement fait oublier tous vos différends passés.

— Cela, nous ne le saurons jamais, n'est-ce pas ? rétorqua-t-il d'un ton amer.

— Ce n'est pas cela qu'elle attend de toi. Va la voir. Parle-lui. Dis-lui que tu regrettes et que tu veux prendre un nouveau départ… Je suis sûre que c'est ce qu'elle désire le plus au monde.

— Je suis déjà allé parler à Marat, sur tes sages conseils. Et vois comment ça s'est terminé…

— Ce n'est pas de Marat qu'il s'agit, cette fois, mais de ta mère. Je suis convaincue qu'elle t'aime et qu'elle souffre autant que toi de votre éloignement.

Emily parut hésiter avant de poursuivre.

— D'ailleurs, si tel n'est pas le cas, ajouta-t-elle enfin, elle ne vaut vraiment pas la peine que tu te mettes dans de tels états.

Pascha fit mine de protester mais elle le fit taire d'un geste impérieux.

— Ne laisse pas ta fierté s'interposer entre ta mère et toi comme tu l'as fait avec nous, conclut-elle.

Sur ce, elle se dirigea vers la porte. Pascha la suivit des yeux, trop secoué par tout ce qu'elle venait de lui dire pour songer à la retenir.

La belle demeure qu'habitait aujourd'hui Aliana Plushenko était bien différente du petit appartement miteux dans lequel ils vivaient lorsque Pascha était enfant.

En approchant, ce dernier ne put cependant s'empêcher de penser que si le cours des actions de l'entreprise familiale continuait à s'effondrer comme il le faisait depuis plusieurs mois, sa mère devrait peut-être renoncer à ce train de vie confortable. Il se promit alors que, quel que soit le résultat de leur entretien, il veillerait à ce qu'elle ne perde pas la maison.

Lorsqu'il sonna à la porte, ce fut elle qui vint lui ouvrir en personne. Bien qu'il ne lui eût pas annoncé sa venue, elle ne parut pas spécialement étonnée de le trouver là.

— Entre, lui dit-elle simplement.

Il la suivit jusque dans le salon. Dès qu'ils pénétrèrent dans cette pièce, son regard fut attiré par le cliché familier qui trônait sur le manteau de la cheminée. Il avait été pris le jour du mariage de sa mère et d'Andrei.

La coupe de la robe de la mariée, sa coiffure et le costume du jeune époux trahissaient de façon éloquente le fait qu'ils n'avaient pas un sou, à cette époque. Mais ce qui le frappa plus encore, ce fut l'amour et le bonheur qui rayonnaient sur leurs visages.

— Tu as bonne mine, remarqua-t-il pour meubler le silence pesant.

De fait, sa silhouette encore fine, ses cheveux teints en blond et le tailleur élégant qu'elle portait la faisaient paraître beaucoup plus jeune que son âge.

— Merci, lui dit-elle d'un ton bien plus affable qu'il n'aurait pu l'espérer. Est-ce que tu veux boire quelque chose ?

Pascha secoua la tête. Un nouveau silence plus embarrassé que tendu s'ensuivit.

— Il paraît que tu as essayé de racheter Plushenko, déclara alors sa mère.

Il tressaillit. Curieusement, il ne s'était pas imaginé qu'elle puisse être au courant de cette transaction.

— Je sais aussi que Marat a décliné ton offre, ajouta-t-elle. Mais j'imagine que tu t'y attendais.

Un sourire un peu triste se dessina sur ses lèvres.

— Marat a toujours été si jaloux de toi…

— Jaloux ? répéta Pascha d'un ton incrédule. Mais de quoi ?

— De ta relation avec Andrei, bien sûr. Je crois qu'il n'aimait pas l'idée de devoir partager son père avec toi.

C'était précisément ce que lui avait dit Emily.

Elle lui avait aussi conseillé de ne pas laisser sa fierté s'interposer entre sa mère et lui. Il lui avait pourtant fallu près de deux semaines pour trouver le courage de s'avouer qu'il n'avait plus rien à perdre en allant la voir.

— Je suis désolé, murmura-t-il. Je n'aurais jamais dû couper les ponts avec Andrei et toi pendant toutes ces années. C'était injuste et cruel. Je n'aurais pas dû non plus changer de nom. Mais ce qui me fait le plus de mal, après tout ce temps, c'est de ne pas avoir dit à Andrei combien je l'aimais.

— Il n'en a jamais douté, lui répondit-elle. L'entente entre vous a été immédiate. Ça m'a tout de suite frappée et c'est sans doute l'une des raisons pour lesquelles j'ai accepté sans hésiter sa demande en mariage. Je savais qu'avec lui tu serais en de bonnes mains. Il était si fier de toi… Du courage avec lequel tu avais combattu la maladie, de ta décision de rejoindre l'entreprise familiale, de la façon dont tu l'as transformée…

Aliana ne put réprimer un soupir.

— Tu n'étais pas le seul à avoir des regrets, tu sais. Andrei ne cessait de se reprocher ton départ. Il répétait souvent qu'il aurait dû trouver un moyen de vous réconcilier, Marat et toi. Quant à moi, je m'en suis voulu de la façon dont je t'ai traité lorsque tu es revenu, il y a quelques années de cela. J'aurais dû me montrer plus compréhensive. Et par la suite, j'aurais dû reprendre contact avec toi comme tu avais essayé de le faire. Mais j'imagine que j'étais trop fière pour cela.

Elle secoua tristement la tête.

— Nos erreurs passées ne doivent pas te faire oublier qu'Andrei t'aimait et que je t'aime aussi, conclut-elle.

Pascha aurait voulu trouver la force de lui répondre

mais il était bien trop ému pour pouvoir articuler le moindre mot. Une fois de plus, l'intuition d'Emily s'était révélée fondée.

Cela n'aurait sans doute pas dû l'étonner outre mesure. Elle en connaissait bien plus long que lui au sujet de l'amour et de la famille. Et contrairement à lui, elle n'était pas terrifiée à l'idée d'agir en accord avec ses sentiments.

— Est-ce que c'est Marat qui t'a parlé du rachat ? demanda-t-il enfin à sa mère.

— Nous ne nous voyons plus guère, lui et moi, depuis la mort d'Andrei. Je crois qu'il ne m'aime pas beaucoup plus que toi. Simplement, il a su se montrer un peu plus diplomate à mon égard…

En effet, Pascha ne se rappelait pas avoir vu son frère faire preuve de beaucoup d'affection envers sa mère. Il se montrait toujours poli et respectueux, mais jamais tendre.

— Comment as-tu appris la nouvelle, alors ?

— Attends, lui dit-elle.

Elle disparut dans la pièce voisine dans laquelle était installé son bureau et revint quelques instants plus tard avec un papier qu'elle lui tendit.

— Cette lettre est arrivée la semaine dernière d'Angleterre, déclara-t-elle.

Le cœur battant à tout rompre, Pascha reconnut l'écriture d'Emily. Il lut le message qu'elle avait adressé à sa mère. De façon très simple et très directe, elle lui expliquait que son fils l'aimait profondément, que la distance qui s'était creusée entre eux le rongeait et qu'il était temps pour eux de se pardonner leurs erreurs passées.

— Cette femme doit beaucoup t'aimer pour avoir fait cela, remarqua alors sa mère.

Pascha prit une profonde inspiration, s'efforçant vainement de maîtriser le flot d'émotions qui se déversait en lui, l'empêchant de réfléchir.

— Dois-je m'attendre à un mariage ? ajouta Aliana avec une pointe de malice.

Pascha secoua la tête sans mot dire. Il ne parvenait pas à croire qu'après tous les reproches dont il l'avait accablée Emily ait pu prendre l'initiative d'un tel geste. Il avait parfaitement conscience en revanche de la folie qu'il avait commise en la repoussant comme il l'avait fait.

Combien de femmes comme elle pouvait-il espérer croiser au cours de son existence ? En dehors de Yana, elle était la seule qui avait su se frayer un chemin jusqu'à son cœur. Allait-il une fois de plus renoncer à la chance qui lui était offerte ?

Cela faisait deux semaines qu'il n'avait pas revu Emily, deux semaines qu'elle hantait ses pensées jour et nuit. Sans elle, il se faisait l'impression d'être un homme assoiffé au beau milieu du désert. Combien de temps encore se condamnerait-il à un tel sort ?

— Il faut que je te laisse, déclara-t-il brusquement.

— Mais… tu viens tout juste d'arriver…

Le sourire qu'elle arborait lui indiqua qu'elle avait probablement deviné les pensées qui venaient de lui traverser l'esprit.

— Je reviendrai très bientôt, je te le promets.

— J'y compte bien. Et j'espère que cette fois tu amèneras ton amie…

— Je vais faire tout mon possible pour cela, promit Pascha d'une voix qui trahissait un mélange d'espoir et d'angoisse.

13.

Pascha ne se rappelait plus quand il avait assisté à un défilé de mode pour la dernière fois. Lorsqu'il avait racheté une petite maison de couture, quelques années auparavant, il avait été fasciné par la découverte de ce monde totalement neuf pour lui.

Mais l'attrait de la nouveauté s'était rapidement dissipé et, au bout d'un moment, il s'était lassé de ces grands-messes qui s'apparentaient plus à des événements mondains qu'à de véritables rencontres avec les couturiers.

En pénétrant dans la grande salle entièrement tendue de blanc qui bourdonnait d'activité, il jeta un coup d'œil autour de lui. Sa présence finit par attirer l'attention d'un jeune homme très mince et vêtu de façon extravagante. Celui-ci s'approcha de lui et lui adressa un regard chargé de reproches.

— Vous êtes en retard, lui dit-il.

Pascha le considéra avec une pointe de stupeur. Il ne pensait vraiment pas être attendu.

— Les autres mannequins sont arrivés il y a plus d'une heure.

— Je ne suis pas un mannequin ! protesta Pascha en riant.

Le jeune homme leva un sourcil étonné.

— Vraiment ? Eh bien, c'est fort dommage, mon chou. Je suis sûr que vous feriez un tabac…

— Merci, répondit Pascha. Mais à vrai dire, je suis venu voir Emily Richardson. On m'a dit que je la trouverais ici.

— Elle est dans l'arrière-salle, déclara son interlocuteur en désignant la porte qui s'ouvrait au fond de la pièce, derrière le podium. Tâchez de ne pas la retenir trop longtemps, d'accord ? J'aimerais bien ne pas passer la nuit entière ici.

Pascha remercia le jeune homme et se fraya un chemin parmi la foule qui commençait déjà à affluer. Il salua au passage quelques personnes de connaissance, se gardant bien pourtant de s'arrêter pour discuter avec elles.

Parvenu face à la porte qu'on venait de lui indiquer, il rassembla son courage et la franchit. L'atmosphère qui régnait dans l'arrière-salle était encore plus survoltée. Des mannequins à demi dévêtues circulaient un peu partout, d'autres se faisaient maquiller ou coiffer.

Pascha ne leur prêta pas la moindre attention. Il finit par repérer Emily, agenouillée au pied d'une jeune femme dont elle était en train d'ajuster la robe. Elle lui tournait le dos.

— Salut, lui dit le mannequin lorsqu'elle le vit s'approcher. Vous cherchez quelqu'un ?

— Je l'ai trouvé, répondit-il. Emily ?

En entendant la voix de Pascha pour la première fois depuis plus de deux semaines, Emily ne put réprimer un tressaillement.

— Aïe ! s'exclama Tania, qu'elle venait de piquer avec son aiguille. Fais attention !

— Désolée, marmonna Emily en résistant à l'envie qu'elle avait de se retourner.

Elle savait pertinemment que, si elle le faisait, elle risquait de perdre tous ses moyens. Or le défilé était sur le point de commencer et elle ne pouvait se permettre la moindre erreur. Elle se força donc à se concentrer sur son travail.

Lorsqu'elle eut enfin terminé, elle libéra Tania, rassembla son courage et fit enfin face à son visiteur inattendu. Jamais elle n'aurait cru le revoir un jour. Elle était même presque parvenue à se persuader que cela valait mieux pour elle. Mais lorsqu'elle posa les yeux sur lui, cette conviction s'effondra aussi brutalement qu'un château de cartes.

Il était toujours aussi séduisant, toujours aussi irrésistible, peut-être plus encore maintenant qu'elle le savait hors de portée.

— Comment vas-tu, Emily ? lui demanda-t-il d'une voix qui lui sembla exagérément polie.

— Bien, répondit-elle en plaquant sur ses lèvres un sourire un peu crispé. Très bien, merci.

— Tant mieux.

Tout comme la dernière fois qu'elle l'avait vu, il lui sembla percevoir certains signes de fatigue sur le visage de Pascha. Mais son regard acéré paraissait démentir cette impression. Il lui semblait qu'il la transperçait de part en part.

Incapable de le supporter, elle fit mine de rassembler ses affaires de couture.

— Est-ce que tu aimes travailler avec Gregorio ? lui demanda-t-il enfin.

— Beaucoup, répondit-elle.

De fait, elle était ravie du nouveau poste qu'elle était parvenue à dénicher. En sortant du bureau de Pascha, après ce qu'elle croyait être leur ultime confrontation, elle avait compris qu'elle allait avoir besoin de s'occuper très rapidement.

Elle était donc allée trouver Hugo pour lui présenter des excuses pour la façon erratique dont elle s'était comportée au cours de ces derniers mois. Il avait paru touché par ses explications et lui avait même proposé de reprendre son poste.

Mais elle avait poliment décliné, convaincue qu'il était temps pour elle de passer à autre chose. Elle avait beaucoup appris aux côtés de Hugo mais elle savait à présent qu'il ne la laisserait jamais réellement s'exprimer.

Il avait accepté de bonne grâce de lui écrire une lettre de recommandation et, dès le lendemain, elle avait commencé à faire le tour des principales maisons de couture de Londres. Elle avait l'intention de travailler un jour pour son propre compte mais il lui fallait d'abord songer à gagner de quoi se loger et se nourrir.

Elle pourrait toujours profiter de ses heures de liberté pour travailler sur ses propres créations, ce qui aurait de plus le mérite de lui changer les idées.

Il lui avait suffi de quelques jours pour décrocher un nouvel emploi auprès de Gregorio, un couturier dont elle avait toujours admiré les modèles et qui avait la réputation d'être beaucoup plus ouvert aux idées de ses employés que ne l'était Hugo.

Il avait d'ailleurs accueilli avec intérêt les premières suggestions qu'Emily s'était aventurée à lui faire et elle était persuadée que leur collaboration serait des plus fructueuse.

— Comment se porte ton père ? lui demanda Pascha.

— Beaucoup mieux. Les médecins ont apparemment trouvé un cocktail de médicaments qui lui font beaucoup de bien. Ils pensent même qu'il va pouvoir quitter la clinique très prochainement pour reprendre une vie normale.

— Et James ?

— Il va bien, lui aussi. Il a été un peu étonné au départ, lorsque je lui ai dit que je ne comptais plus être la seule à endosser les responsabilités familiales. Mais il a fini par s'y faire.

— Voilà une excellente nouvelle !

— C'est à toi que je le dois, ajouta-t-elle. Merci.

Pascha l'observa avec étonnement.

— Je n'ai rien fait, objecta-t-il.

— Au contraire ! s'exclama-t-elle. Tu m'as aidée à comprendre que ces derniers temps j'avais eu un peu trop tendance à me laisser dominer par ceux qui m'entouraient. Hugo, mon père, James… En revenant à Londres, j'ai décidé qu'il était grand temps pour moi de reprendre en main mon existence. Grâce à toi, j'ai enfin admis que je n'étais pas responsable de la maladie de mon père et que je ne pourrais pas en venir à bout par moi-même. J'ai également trouvé la force de changer de métier, ce qui m'a fait le plus grand bien…

Elle s'interrompit, estimant qu'elle en avait déjà bien assez dit comme cela.

— Je suis allé voir ma mère, lui dit-il alors. Elle m'a montré la lettre que tu lui avais envoyée.

Emily détourna les yeux, embarrassée.

— Je n'aurais pas dû le faire, soupira-t-elle. Je n'avais pas à me mêler de vos histoires… Je ne sais pas ce qui m'est passé par la tête.

— Moi, je crois que je le sais, répondit gravement Pascha.

Il posa la main sur sa joue, éveillant en elle un langoureux frisson. Sans doute aurait-elle dû s'écarter. Mais elle en était incapable.

— Tu l'as fait parce que tu ne supportes pas de rester les bras croisés lorsque tu vois souffrir quelqu'un que tu aimes.

Elle fut tentée de protester mais se ravisa. A quoi servirait-il de nier l'évidence ? Elle aimait toujours Pascha, qu'elle le veuille ou non. Ce n'étaient pas deux malheureuses semaines de séparation qui suffiraient à lui faire oublier cet homme qui avait bouleversé sa vie à jamais.

— J'espère juste que je n'ai pas aggravé la situation, dit-elle enfin.

— Très franchement, je ne vois pas comment cela aurait été possible, même si tu l'avais voulu, répondit-il avec une pointe d'autodérision.

— Je me sens si coupable de t'avoir poussé à parler à Marat !

— Il n'y a pas de quoi, je t'assure. Tu t'es contentée de me faire une suggestion. J'étais parfaitement libre de ne pas en tenir compte. C'est moi qui te dois des excuses : je n'aurais jamais dû te reprocher d'avoir voulu m'aider…

— Mais si je ne l'avais pas fait, tu serais peut-être à la tête de Plushenko, à l'heure qu'il est.

— Et je ne me serais peut-être pas réconcilié avec ma mère. Qui sait ? On ne peut pas réécrire l'histoire. Ce qui compte, c'est que je savais pertinemment en allant trouver Marat qu'il existait un risque. Et c'est moi et moi seul qui ai décidé de le prendre.

— Peut-être, reconnut-elle. Mais dans le cas de cette lettre, je ne t'ai pas laissé le choix.

— Elle n'a fait que faciliter mes retrouvailles avec ma mère, assura Pascha.

— Tout de même, s'entêta-t-elle, je n'aurais pas dû intervenir.

Il la regarda longuement dans les yeux avant de lui décocher un sourire plein d'humour et de tendresse.

— Je crois que tu n'avais pas le choix, déclara-t-il.

— Que veux-tu dire ?

— Lorsque l'on aime vraiment quelqu'un, on ne peut se contenter de rester les bras croisés en espérant que tout ira pour le mieux. Sinon, j'imagine que je ne serais pas là aujourd'hui…

Le cœur battant la chamade, Emily retint son souffle. Elle n'osait comprendre ce qu'il était en train de lui dire.

— J'ai longtemps commis l'erreur de croire que

l'amour était une ressource limitée, quelque chose qui finissait par s'épuiser. C'est la raison pour laquelle je me suis convaincu qu'Andrei ou Yana avaient pu cesser de m'aimer… Mais je comprends aujourd'hui à quel point je faisais fausse route. Même si j'avais des siècles devant moi, jamais je ne pourrais épuiser ce que je ressens pour toi…

Emily sentit une larme rouler le long de sa joue. Pascha l'essuya du bout des doigts, sans paraître se rendre compte que ses propres yeux étaient aussi humides que les siens.

— Je donnerais ma vie pour toi, reprit-il d'une voix légèrement tremblante, mon âme… Et lorsque je repense à la façon dont je t'ai parlé quand nous étions dans mon bureau, j'en suis malade.

— Je n'ai pas été beaucoup plus tendre avec toi, remarqua-t-elle, riant et pleurant à la fois sous l'effet du bonheur presque insoutenable qui l'avait envahie. Mais je crois que nous avions peur.

— C'est vrai, reconnut Pascha. Et je suis encore terrifié à l'idée de ce que je ressens pour toi. Parce que je sais que si je te perdais je n'y survivrais pas… Depuis que j'ai quitté l'hôpital dans lequel j'ai failli mourir, étant enfant, j'ai tout fait pour me protéger contre la souffrance, contre le danger… Je me suis tellement protégé, en fait, que j'en ai oublié de vivre. Mais tu m'as ressuscité, Emily.

Il secoua la tête.

— Ça fait atrocement mal, avoua-t-il. Et ça me fait peur. Mais c'est cela, la vie, j'imagine. Et je veux passer le reste de la mienne à tes côtés, si tu es prête à supporter un imbécile comme moi.

Emily sentit un frisson de pur bonheur parcourir tout son corps.

— Emily Richardson, reprit Pascha, acceptes-tu de devenir ma femme ?

— Oui, répondit-elle sans hésiter un seul instant. C'est ce que je désire plus que tout au monde.

La joie qui illumina le regard de Pascha lui prouva mieux que ne l'auraient fait des mots qu'elle avait pris la bonne décision. Car, qu'ils le veuillent ou non, Pascha et elle étaient déjà liés l'un à l'autre corps et âme.

Il se pencha alors vers elle, scellant d'un baiser leur promesse d'amour éternel.

Épilogue

Emily s'avançait lentement le long de la plage de sable blanc qui bordait les eaux émeraude de cette île qui, mieux que tout autre endroit, symbolisait son amour pour Pascha.

— Si tu veux faire machine arrière, c'est le moment ou jamais, plaisanta son père qui la tenait par le bras.

Elle se tourna vers lui et fut frappée par le mélange d'humour et de tendresse qui se lisait dans son regard. Elle ne cessait de s'émerveiller du changement qui était intervenu en lui depuis qu'il était revenu de la clinique. Malcolm Richardson semblait être devenu un nouvel homme.

— Pas question ! répondit-elle en riant.

Elle leva les yeux vers le ciel d'azur, présentant son visage aux doux rayons du soleil. Une légère brise faisait voler la superbe robe blanche que Gregorio avait créée spécialement pour elle.

Jamais elle ne s'était sentie aussi heureuse qu'en cet instant. La joie qui palpitait en elle était même si intense qu'elle se demanda si son cœur pourrait le supporter.

Comme ils approchaient de l'autel qui avait été dressé sur la plage et devant lequel les attendait nerveusement Pascha, elle avisa les regards complices de tous ceux qui se trouvaient là.

Il y avait James, bien sûr, que Pascha avait choisi comme témoin après l'enterrement de vie de garçon épique que ce dernier avait organisé pour lui. Il y avait aussi Aliana, qu'Emily considérait désormais presque comme sa propre mère, Valeria et Luis et leur fille, Ava, qui portait la robe qu'elle avait dessinée lors de son séjour ici.

Seul Marat avait refusé de répondre à l'invitation qu'ils lui avaient envoyée. Mais Emily était bien décidée à ne pas renoncer aux efforts qu'elle avait déjà déployés pour tenter de rapprocher les deux frères ennemis.

Elle deviendrait bientôt Emily Plushenko, puisque Pascha avait décidé de reprendre le nom de son père adoptif. Et elle comptait bien faire un jour la connaissance de son beau-frère.

En attendant, Pascha et elle étaient décidés à agrandir rapidement leur nouveau cercle familial. D'ici quelques jours, ils avaient rendez-vous avec l'agence d'adoption auprès de laquelle ils avaient déjà déposé un dossier. Et elle avait bon espoir de voir très bientôt l'île d'Aliana retentir du rire d'un ou de plusieurs enfants.

Pascha avait raison, songea-t-elle. L'amour véritable était infini. Et ne demandait qu'à être partagé.

Retrouvez en septembre 2020,
dans votre collection

AZUR

Le fils caché d'un Sicilien,
de Michelle Smart - N°4246

Cela fait trois ans qu'Orla recherche le père de son fils chéri. Hélas, en raison de l'accident qui l'a rendue amnésique, elle est incapable de se rappeler son nom… Jusqu'au jour où Tonino Valente fait son apparition, au cours du mariage de sa sœur. Cet homme somptueux, Orla le reconnaît aussitôt, dans son âme, son cœur, son corps ! Dès lors, les souvenirs affluent à sa mémoire, dévastateurs. Ceux de leur rencontre et de la passion qui les a liés si intimement… Mais aussi celui de la trahison de Tonino…

Liaison avec le grand patron,
de Kate Hewitt - N°4247

Elle est enceinte… Mia attend un enfant d'Alessandro Costa, un homme qu'elle connaît à peine, un homme impitoyable. Son patron ! Alors qu'elle croyait n'avoir jamais plus rien à faire avec celui qui n'a pas hésité à la licencier froidement après leur unique nuit d'amour, la voilà liée à lui pour toujours ! Si le choc est intense, Mia pense d'abord à protéger son enfant en restant à distance. Mais lorsque quelques mois plus tard Alessandro découvre qu'elle a donné naissance à une petite fille, il fait de nouveau irruption dans sa vie, pour lui donner un ordre ultime : celui de l'épouser !

Dans les bras du prince de Santara,
de Michelle Conder - N°4248

Alexa, princesse héritière de Bérénia, a besoin de trouver un mari avant que son père lui en impose un. Et elle a déjà jeté son dévolu sur Rafaele al-Hadrid. Le prince de Santara possède en effet toutes les qualités requises. Hédoniste aux mœurs dissolues, il fuit tout engagement – et le mariage en particulier. Avec lui, au moins, les choses seront claires : il ne sera question entre eux que d'un arrangement temporaire qui, tout en renforçant les liens entre leurs deux pays, servira leur intérêt commun de rester libre. Hélas, si le plan d'Alexa est parfait en théorie, tout se complique lorsqu'un désir irrépressible la pousse dans les bras et dans le lit de son époux de façade…

Le fruit d'une nuit interdite,
de Chantelle Shaw - N°4249

S'il y a une femme sur Terre qu'Andreas Karelis n'a pas le droit de séduire, c'est bien l'innocente Isla Stanford. Pourtant, leurs retrouvailles sur une île paradisiaque de la mer Égée mettent à mal ses résolutions. Dans ce décor de rêve, où le vert de la forêt rivalise de beauté avec le bleu du ciel, comment résister à cette créature tout droit sortie de ses fantasmes ? Après une aventure aussi brève qu'intense, Isla sort de la vie d'Andreas, fort heureusement pour sa tranquillité d'esprit. Avant de lui révéler peu après qu'elle attend un enfant de lui : l'héritier des Karelis…

La maîtresse de Salvatore di Luca,
de Sharon Kendrick - N°4250

Fidèle aux traditions siciliennes, Lina travaille dur et se conduit de manière respectueuse. Mais, au grand dam de sa famille, elle repousse tous ses prétendants. Comment pourrait-elle se lier à un homme qu'elle n'aime pas ? Tous l'ignorent, mais un seul a le pouvoir de faire battre son cœur. Chaque fois qu'il est de passage à Caltarina, Salvatore di Luca éveille en elle un désir intense… mais interdit. Non seulement le séduisant milliardaire n'a aucune intention de s'établir sur l'île, mais surtout il n'a que faire d'une simple couturière comme elle. Du moins le croit-elle, avant qu'une rencontre fortuite les conduise à une liaison scandaleuse…

Éprise de son meilleur ami,
de Michelle Douglas - N°4251

Se marier avec son meilleur ami ? Voilà une idée curieusement tentante pour Sophie. Bien sûr, il ne s'agirait que d'une union de convenance entre eux, purement platonique : Will a besoin d'une femme pour hériter d'Ashbarrow Castle, le domaine familial ; quant à Sophie, elle manque d'argent pour se bâtir une nouvelle existence en Cornouailles. Rien de romantique, donc. Alors pourquoi ne peut-elle s'empêcher de s'imaginer au bras de Will… et dans son lit ? Tandis qu'elle s'efforce d'ignorer les élans de son cœur pour son irrésistible époux, Sophie comprend bientôt qu'elle a commis l'irréparable en tombant amoureuse de lui…

Noces à Manhattan,
de Susan Meier - N°4252

SÉRIE : *LES HÉRITIERS DE MANHATTAN* - 2/3

« J'ai besoin d'aide. » Face à Seth McCallan, le meilleur ami de son époux disparu, Harper n'a d'autre choix que de révéler sa détresse. Comment faire autrement, alors que sa petite fille et elle sont sur le point de se retrouver à la rue ? Bien sûr, elle aurait préféré tenir l'homme d'affaires new-yorkais à l'écart de ses problèmes, seulement il est son dernier recours… Or, à peine lui a-t-elle expliqué sa situation que Seth lui propose d'emménager chez lui avec son bébé. Une offre qu'elle accepte volontiers, tout en se jurant de garder ses distances avec celui qui, depuis des années, fait battre son cœur un peu trop vite…

La promise d'un cheikh, de Lynne Graham - N°4253

SÉRIE : *TROIS SŒURS À SÉDUIRE* - 3/3

Résolue à échapper quelque temps à sa famille surprotectrice, Zoe voyage vers le Maraban, un royaume du désert de toute beauté. Sitôt arrivée, hélas, elle est enlevée et conduite dans un campement au milieu de nulle part. Son salut, elle le doit au sublime Raj, qui se révèle être le prince héritier du pays. Sous son regard ardent, elle se sent vite rassurée… et désirée ! Mais sa liberté a un prix, Zoe ne tarde pas à le comprendre. Et, lorsque tous deux sont plongés dans un scandale politique, Raj exige d'elle qu'elle devienne son épouse…

Une danse à Venise, de Trish Morey - N°4254

SÉRIE : *PASSION AU PARADIS* - 4/6

Venise est envahie par une foule d'anonymes masqués, noyée dans un brouillard mystérieux… C'est là que Rosa, perdue, fait la rencontre d'un sublime inconnu. Lorsqu'il lui propose de l'accompagner au bal du carnaval, elle accepte, grisée par l'atmosphère de cette soirée féerique. Puis elle se laisse entraîner sur la piste de danse du *palazzo*, avant de gagner le lit de Vittorio, pour une nuit de délices. Une nuit censée être unique mais qui n'est pas sans conséquences. Peu après, Rosa découvre en effet qu'elle est enceinte et que son amant est prince !

Ce pacte si troublant, de Tara Pammi - N°4255

Pour se libérer de l'emprise de son beau-père, un homme manipulateur et violent, Neha sait qu'une seule personne peut l'aider : Leonardo Brunetti, le puissant P-DG de BFI. Cet homme ténébreux et arrogant – et qui la fait frissonner en secret depuis des années – est en effet le seul à pouvoir tenir tête à son beau-père et la sauver de ses griffes. Mais Leonardo acceptera-t-il sa folle demande : l'aider à commencer enfin une nouvelle vie en lui faisant l'enfant dont elle rêve ?

Un baiser enivrant, de Kim Lawrence - N°4256

Quand le sublime Draco Morelli lui propose de l'embrasser pour rendre jalouses les trois pestes qui se moquent d'elle depuis le lycée, Eve accepte sans hésiter – pour le simple plaisir de les voir se consumer d'envie. Mais le baiser passionné de Draco lui fait rapidement oublier ses désirs de vengeance. Ce qu'elle veut à présent, c'est lui et rien d'autre. Aussi, quand, après une première nuit de passion, leur aventure semble évoluer vers une véritable histoire d'amour, Eve est-elle ivre de bonheur. Un bonheur hélas de courte durée. Car elle ne tarde pas à découvrir que Draco l'a piégée. S'il a besoin d'une femme dans sa vie, c'est uniquement pour conserver la garde de sa fille…

Composé et édité par HarperCollins France.

Achevé d'imprimer en juillet 2020.

CPI
BLACK PRINT

Barcelone

Dépôt légal : août 2020.

FSC
www.fsc.org
MIXTE
Papier issu de sources responsables
FSC® C108412

Pour limiter l'empreinte environnementale de ses livres, HarperCollins France s'engage à n'utiliser que du papier fabriqué à partir de bois provenant de forêts gérées durablement et de manière responsable.

Imprimé en Espagne.

OFFRE DÉCOUVERTE !

Vous souhaitez découvrir nos collections ? Recevez **votre 1er colis gratuit* avec 2 cadeaux surprises !** Une fois votre colis de bienvenue reçu, si vous souhaitez continuer à recevoir nos livres, cela se fera automatiquement. Vous recevrez alors vos livres inédits** en avant-première.

Vous n'avez aucune obligation d'achat et cette offre est sans engagement de durée !

*1 livre offert + 2 cadeaux / 2 livres offerts pour la collection Azur + 2 cadeaux. Les collections Gentlemen et Aliénor démarrent avec le 1er colis payant.

**Les livres Ispahan, Sagas, Best-Sellers Féminins, Gentlemen et Hors-Série sont des réédités.

☛ COCHEZ la collection choisie et renvoyez cette page au
Service Lectrices Harlequin – CS 20008 – 59718 Lille Cedex 9 – France

Collections	Références	Prix colis*
❑ **AZUR**	Z0ZFA6	6 livres par mois 28,79€
❑ **BLANCHE**	B0ZFA3	3 livres par mois 23,65€
❑ **LES HISTORIQUES**	H0ZFA2	2 livres par mois 16,59€
❑ **ISPAHAN**	Y0ZFA3	3 livres tous les 2 mois 23,35€
❑ **PASSIONS**	R0ZFA3	3 livres par mois 25,09€
❑ **SAGAS**	N0ZFA3	3 livres tous les 2 mois 27,66€
❑ **BLACK ROSE**	I0ZFA3	3 livres par mois 25,09€
❑ **VICTORIA**	V0ZFA3	3 livres tous les 2 mois 25,69€
❑ **GENTLEMEN**	G0ZFA2	2 livres tous les 2 mois 17,35€
❑ **BEST-SELLERS FÉMININS**	E0ZFA2	2 livres tous les 2 mois 18,75€
❑ **ALIÉNOR**	A0ZFA2	2 livres tous les 2 mois 17,35€
❑ **HORS-SÉRIE**	C0ZFA2	2 livres tous les 2 mois 17,35€

N° d'abonnée Harlequin (si vous en avez un) ____________

Mme ❑ Mlle ❑ Nom : ____________

Prénom : ____________ Adresse : ____________

____

Code Postal : ______ Ville : ____________

Pays : ____________ Tél. : ____________

E-mail : ____________

Date de naissance : ____________

❑ Oui, je souhaite recevoir par e-mail les offres promotionnelles des éditions Harlequin.
❑ Oui, je souhaite recevoir par e-mail les offres promotionnelles des partenaires des éditions Harlequin.

Date limite : 31 décembre 2020. Vous recevrez votre colis environ 20 jours après réception de ce bon. Offre soumise à acceptation et réservée aux personnes majeures, résidant en France métropolitaine, dans la limite des stocks disponibles. Prix susceptibles de modification en cours d'année. Vous pouvez demander à accéder à vos données personnelles, à les rectifier ou à les effacer. Il vous suffit de nous écrire en nous indiquant vos nom, prénom et adresse à : Service Lectrices Harlequin CS 20008 59718 LILLE Cedex 9.
Service Lectrices disponible du lundi au vendredi de 8h à 18h : 01 45 82 47 47.